警視庁幽霊係の災難

天野頌《しょう》子《こ》

祥伝社文庫

もくじ

の仲間たち

桜《さくら》井《い》文《ふみ》也《や》巡査部長

ハーフだが、大阪人。
写真に写る人の
生死を見分ける。
ひやしあめが大好物。

渡《わた》部《べ》室長

特殊捜査室のボス。
オカルト好きの
エレガントな英国風紳士。
お気に入りは玉露のお茶。

三《み》谷《たに》啓《けい》徳《とく》

新進気鋭の霊能者。
ドケチで守銭奴。
清水とは高校の
同級生。

及《おい》川《かわ》結《ゆ》花《か》

とある事件がきっかけで柏木に取り憑《つ》いている。
キュートな女子高生幽霊。

警視庁幽霊係

☆特殊捜査室（通称：お宮の間）メンバー

高《たか》島《しま》佳《か》帆《ほ》
警部

物に宿った記憶を読む。
美女だが酒乱でキス魔。
柏木のことをケンタと
呼んでいる。

伊《い》集《じゅう》院《いん》馨《かおる》
警部補

警視庁の最終兵器《リーサル・ウエポン》？
犬と会話することができる。
かわいいものが大好きな
オネエキャラ。

清《し》水《みず》貴《たか》行《ゆき》
警部補

柏木の先輩刑事。
おしゃれでいつも
細身のスーツを着ている。
マイホームパパ。

柏《かしわ》木《ぎ》雅《まさ》彦《ひこ》警部補

32歳独身。幽霊と話せる能力を持つ。
ストレスのため胃痛持ちで牛乳が手放せない。

本文イラスト／ toi8

プロローグ

陽射《ひざ》しが強すぎて、空が青を通り越し、白っぽく輝いて見える。気温はとっくに三十度をこえているに違いない。

昨日まで梅雨寒《つゆざむ》が続いたので、余計暑さがこたえる。

本格的な夏の接近をいやでも実感させられる六月二十三日の昼下がり。

警視庁刑事部捜査一課強行犯捜査五係の清水《しみず》警部補は、同僚とともに朝から聞き込みを行っていた。場所は武蔵小金井《むさしこがねい》駅からバスで十分ほどの住宅街で、数日前におこった殺人事件の目撃者探しである。

おしゃれな細身のスーツを気合いで着こんではいるが、かなり暑い。東京の猛暑に身体が慣れるまでの数日の我慢だ、と、清水は自分にいいきかせた。

「そろそろ昼飯にするか？」

同行している後輩の町田《まちだ》に声をかける。

「そうっすね」

町田は額《ひたい》の汗をぬぐい、ネクタイをゆるめた。上着はとっくに脱いで、小脇に抱えている。

「で、何にします？　って言っても、ハンバーガー屋の一軒すらありませんが」

「ふむ」

清水は一応周囲を見回したが、町田が言う通り、このあたりは住宅ばかりで、店といえばコンビニくらいしかない。

「駅まで戻ればいろいろあるだろう」

清水が踵《きびす》を返した時、ポケットの携帯電話から軽快な着信メロディが流れてきた。「第三の男」という古い映画のテーマ曲だ。

発信者は三谷啓徳《みたにけいとく》と表示されている。高校時代からの悪友で、霊能者といういっぷうかわった商売を生業《なりわい》にしている男だ。しかし三谷の方から連絡してくるとは珍しい。三谷は守銭奴《しゅせんど》、もとい、仕事熱心な男で、常に多忙を極《きわ》めているはずだが。

「おい、清水、大変だぞ。今すぐテレビをつけろ！」

通話ボタンを押した瞬間、野太い大声が聞こえてきた。思わず携帯電話を耳からはなしてしまう。

「テレビって言われてもなぁ……」

このへんに電気屋はあっただろうか、と、困り顔で周囲を見回していると、町田が携帯電話をさしだしてきた。

「おれの携帯、テレビうつりますよ」

「お、すまんな」

「テレビはあったか？　どこでもいいから昼のニュースか情報番組を見てみろ」

電話のむこうで三谷ががなり声をあげる。

「ちょっと待て」

情報番組の一つにチャンネルをあわせてみると、事件現場からの実況中継中だった。練馬《ねりま》のコンビニで、刃物を持った男が人質をとって立てこもっているらしい。店外からの撮影なので、ガラス窓にペイントされた店のロゴマークや、雑誌を陳列した棚が邪魔なのだが、犯人がレジ付近で人質の喉《のど》もとに刃物をつきつけているようだ。

犯人は帽子とマスクという定番のスタイルで、人質は背広姿である。凶器は包丁だろうか。

警察が到着し、店の周辺に黄色い規制テープをはりめぐらせているが、うかつにふみこめない状況である。都内の事件なので、当然、警視庁の管轄《かんかつ》なのだが、何係が担当しているのだろう。

「この事件がどうかしたのか？」

「人質をよく見ろ！」

「え?」

そうは言われても携帯電話の小さな画面なので、顔立ちや年齢まではわからない。そもそも顔がカメラの方をむいていないのだ。

「うーん、せめてこっちをむいてくれないと……」

「顔が見えなくても、あのよれよれの紺の背広とぼさぼさの頭はわかるだろう」

「紺の背広……?」

そう言われてみれば、遠目にもわかる安物の紺の背広。一ヶ月以上散髪していないであろうぼさぼさの頭。手首を縛《しば》るのに使われている地味なレジメンタルのネクタイ。この人質のさえない外見は、清水のよく知る人物と一致しているような……。

「……まさか、柏木《かしわぎ》か⁉」

柏木雅彦《まさひこ》警部補、三十二歳。警視庁刑事部特殊捜査室に所属する刑事である。

「うむ。柏木だ」

三谷は力強く言い切った。

「刑事のくせに何をやってるんだ⁉ いや、他人のそら似ってこともあるよな?」

「百パーセント確実に柏木本人だ。及川《おいかわ》君が言うには、練馬の宿舎から駅にむかう途中、たまたま牛乳を買いに入ったところで事件に巻き込まれたらしい」

及川結花《ゆか》は柏木に取り憑《つ》いている女子高生の幽霊である。清水は生前の写真しか見たことがないが、大きな瞳にふっくらした珊瑚色《コーラルピンク》の唇が印象的な美少女だ。いつも柏木と一緒にいる結花の証言ならまず間違いない。

「やれやれ……」

清水は、信じられんな、と、つぶやくと、頭を左右にふった。

第一章　人質は柏木《かしわぎ》警部補

一

　青い海、青い空、強烈な夏の陽射《ひざ》し。

　きらきら輝く水平線の上空にいくつもの積乱雲がつらなり、列をなしている。まるで南の島のような光景だが、残念ながらいつもの東京湾だ。

　お台場《だいば》にあるテレビ局のカフェテリアで、新進気鋭の霊能者、三谷啓徳はまぶしそうに目を細めた。さきほどレギュラー番組の収録が終わったところで、修験者《しゆげんじや》風の和装のままである。片手には数珠《じゆず》、もう片手には錫杖《しやくじよう》、頭には八角形のときん。法螺貝《ほらがい》をぶらさげていないのが不思議なくらいだ。

　そういえば、もう長いこと海水浴に行っていない。いや、海に行く機会はしばしばあるのだ。たいていは夜更《よふ》けの暗い海。水死した霊が出るスポットに行き、対話をしたり、除霊をしたり、お経をあげたり……。

どうせならナイスバディな美女と昼間の海へ行きたいものだが、なかなかそんな時間もとれない。売れっ子霊能者のつらいところだ。そもそも一緒に海水浴に行ってくれそうな女性がいないことは、この際、考えないでおく。

「三谷さん、お待たせしました」

笑顔で話しかけてきたのは、小柄な若い女性だった。赤みがかった茶色のショートカットに、ピンクのフレームの眼鏡。短めのチュニックワンピースに膝下《ひざした》まである黒いレギンスをあわせ、首にはストールをまいている。『週刊女性ライフ』の編集者、七尾満里奈《ななおまりな》である。

七尾は三谷のむかいに腰をおろすと、アイスコーヒーを注文し、早速仕事の話に入った。

「電話でざっとご説明しました通り、八月の心霊特集号で、三谷さんとあの大物霊能者、唐沢縞子《からさわしまこ》先生の対談を予定しておりまして……」

七尾は美人でも不美人でもないが、もしこの先、一緒に海へ行くことがあるとしたら、やはり除霊やら読経やらというシチュエーションになるのだろうな。

そんなことをぼんやりと考えていた時である。

（三谷さん、大変、大変なのー！）

騒々《そうぞう》しい叫び声とともにカフェテリアに飛びこんできたのは、セーラー服の女子高生だった。及川結花である。白い夏服で、短いひだスカートと襟《えり》が濃緑色、胸元でオレンジイエローのリボンがゆれている。大きな瞳にふっくらした唇。くるんと上をむいたまつ毛に、肩にかかるさらさらの髪。

まさしく非のうちどころのない美少女なのだが、さすがに幽霊と海水浴に行く気にはならない。

「及川君、私は今、仕事の打ち合わせ中だ」

三谷は太い眉《まゆ》をよせ、じろりと結花をにらんだ。

（それは見ればわかるけど）

「わかるのなら遠慮しなさい」

（ごめんなさい、でも、柏木さんが大変なんです！）

「やっぱり柏木か……」

三谷はやれやれといった顔で鼻にしわをよせた。結花が血相をかえて三谷のもとへかけこんでくる時は、十中八九、柏木がらみである。

及川結花は五年半ほど前に発生した殺人事件の被害者なのだが、その当時、捜査本部にいた刑事たちの中で一人だけ霊感があり、会話が可能だった柏木に取り憑《つ》いてしまったのだ。

柏木はその後、霊感体質を見込まれて、幽霊専門の聞き込み捜査係に抜擢《ばってき》された。警視庁でただ一人の幽霊係だ。

柏木は職務上、どうしても、多くの幽霊たちに話しかけねばならないので、悪意や下心に満ちた幽霊につけこまれることがしばしばある。身体をのっとられたことも一度や二度ではない。そんな時、結花は、霊能者であり、幽霊とも会話可能な三谷のところに飛んでくるのだ。

「あの……三谷さん、どうかしましたか？」

むかいの席の七尾はけげんそうな顔をしている。無理もない。霊感のない人間には、誰もいない空間にむかって三谷が話しかけているようにしか見えないだろう。

「ああ、すまない。ちょっと知り合いの幽霊が仕事の邪魔をするものだから、静かにするよう言ってきかせたところだ。で、何だったかな？」

三谷とつきあいの長い人間だったらこのくらいのことで動じはしないのだが、あいにく七尾が三谷の担当編集者になってまだひと月たらずである。

「えっ、幽霊と話してたんですか……⁉」

目を大きく見開いて、疑いと好奇心が入り混じった微妙な表情をうかべる。

「ネタじゃないぞ」

「そ、そんなこと思ってるわけないじゃないですかぁ」

七尾は慌《あわ》てて顔の前で両手をふった。少しは思っていたようだ。

「天下の三谷啓徳さんですものね。幽霊の一人や二人、いつも見えてるんでしょうね。わかってますよ、もちろん。ただ、打ち合わせに入ったばかりのタイミングだったので、ちょっとびっくりしただけですぅ。それで、一体どんな霊なんですか？」

小首をかしげ、組んだ両手をななめにかたむけてのフォローがまた、わざとらしい。しかし、霊感のない人間としては、一般的な反応といえよう。

「無害な霊だから、気にすることはない」

三谷は鷹揚《おうよう》な態度で答えた。

「そう言わず、詳《くわ》しく教えてください」

七尾は、見えもしないのに、わざとらしく、きょろきょろとあたりを探すふりをしている。

（あっ、あれよあれ！）

結花が指さした先には、大画面テレビがあった。昼のニュースの時間らしく、女子アナウンサーが淡々と原稿を読んでいる。

「女子アナがどうかしたのか？」

（そうじゃなくて、事件！）

映像が事件現場からの中継に切り替わる。練馬のコンビニに刃物を持った強盗が押し入り、客を人質にとって、たてこもっているらしい。

「コンビニ強盗なんて珍しくもないだろう」

（あの人質、柏木さんなの‼）

「何だと⁉」

　驚いて三谷は立ち上がった。

　一体何がおこっているのかさっぱりのみこめない七尾は、唖然《あぜん》としている。

（あの包丁をつきつけられてる人、柏木さんなのよ！　お願い、三谷さん、柏木さんを助けて！　柏木さんが殺されちゃう‼）

「そういえば、あいつ、練馬に住んでるんだったな……」

（うん。駅に行く途中で、牛乳を買いにエブリーマートに入ったら、あんなことになっちゃったの）

「なるほど、牛乳か……！」

　三谷は、ううむ、と、渋面でうなった。

　これが他の男だったら、何だそれは、と、一蹴《いっしゅう》してしまうところだが、柏木は慢性的な胃痛持ちなので、牛乳が欠かせないのである。

（柏木さんが殺されちゃったらどうしよう……）

　結花は今にも泣きだしそうである。

そうなったら幽霊同士になるし、君には好都合だろう、と、意地悪なひやかしを言いかけて三谷は口をつぐんだ。

こんなところで幽霊を激怒させ、暴走させたら、面倒なことになる。

「わかったから、とにかく少し落ち着きなさい」

（は、はい）

三谷は結花をなだめると、七尾の方をむいた。

「電話をかけてもいいかね？　知り合いが緊急事態らしい」

「あ、はい、もちろんどうぞ。私もメールを打たせてもらいますので」

三谷は懐《ふところ》から携帯電話をとりだすと、まずは柏木にかけてみた。当然ながら出ない。

十回ほどよびだし音が聞こえたところで、留守番サービスに切り替わってしまった。

テレビにうつっている犯人が、下をむいて何やらごそごそしているのが見える。

もう一度柏木にかけると、今度はコールなしで留守番サービスにかわった。三谷からの着信音で、携帯電話を所持していることが犯人にばれ、電源を切られたのかもしれない。

結花の訴《うった》えを疑っていたわけではないが、どうやらあの柏木によく似た男は、本人に間違いないようである。

「餅《もち》は餅屋だな」

三谷はつぶやくと、捜査一課の刑事にして柏木の先輩でもある清水に電話をかけたのであった。

二

三谷が一部始終を語り終えると、今度は清水が、ううむ、と、うなる番だった。清水の横で話を聞いていた町田は、もう一台所持していた携帯電話を使い、慌てて係長に連絡を入れている。テレビを視聴できる方の携帯電話はプライベート用らしい。

一方お台場では、七尾が携帯電話の画面をじっと見つめ、無関心をアピールしていた。だがその耳は三谷の話にくぎづけのようで、メールを打つ両手の指がすっかり止まってしまっている。

結花の方は、大画面テレビと三谷の間を、不安げな様子で行ったり来たりだ。

「牛乳か……」

携帯の小さなテレビ画面を前に、清水は珍しく頭をかかえた。

そう言われてみれば、レジのそばに置かれている小さな紙パックは、牛乳のようだ。

「現職の刑事が強盗に遭遇《そうぐう》し、取り押さえたというのならともかく、人質にされているとはまぬけすぎないか？　しかも新聞でも煙草《たばこ》でもなく、牛乳を買いに入ったっていうんだからな」

「柏木は特別さ」

清水は苦笑いで反論しようとするが、すぐに表情をあらためた。

「しかし、まずいな。柏木のやつ、けっこう弱ってるふうじゃないか？」

「うむ。怪我はないようだが、今にも倒れそうだな。かなり胃痛がひどいんだろう」

縛《しば》られた両手首で胃の上を押さえ、前かがみの姿勢をとっている。かろうじて立ってはいるが、今にも倒れそうな風情《ふぜい》だ。

清水は額《ひたい》からふきだす汗をぬぐった。

「長引くと、柏木の体力がもたないかもしれない」

「ふむ」

「しかし、この犯人、やけにそわそわしてるな」

挙動に落ち着きがなく、きょろきょろとあたりを見回している。あえてテレビカメラの方は見ないようにしていても、ついつい、気になってしまうのだろう。一瞬、ちらりとこちらをむいて、慌てて顔をそむけることがある。

つばのついた帽子をまぶかにかぶっているので、表情まではわからないが、テレビカメラに取り囲まれ、かなり焦《あせ》っている様子だ。当然、警察の包囲も目に入っているだろう。

「あっという間に警察とマスコミに取り囲まれて、パニックになってるんじゃないか？逃げるに逃げられん状況だろうし」

「やけになって、人質を道連れに死ぬなんて暴挙に出られたら、最悪だな」

清水のつぶやきを聞いて、三谷はぎょっとした顔をする。

「おいおい、そうならないようにするのが警察の仕事だろう。何とかしろよ」

「何とかしてやりたいのはやまやまだが、人質の首に刃物をあてられていると、動くに動けん。へたに狙撃《そげき》をすると柏木まで巻《ま》き添《ぞ》えをくらうからな。せめて腹なら、刺されても、即死の危険は低いんだが……」

三谷の携帯に耳をよせていた結花が真っ青になり、両手で口を押さえた。

「まあ、今日は霊能者の出番はなさそうだから、後はまかせた。これ以上おまえと話していると、及川君が泣きだしそうだから切るぞ」

「ちょっと待て」

三谷が通話を終わろうとしたところを、清水はひきとめた。

「今、一緒にいる後輩が、人質は柏木だって上に知らせた」

「それで？」

「練馬署に捜査本部が設置されたから、おれも行けって言われた。で、だ。事件が発生した時の詳しい状況を聞きたいから、及川結花さんにも来てもらえないかな？　もちろんおまえも」

「なぜだ？」

「おれには彼女の声が聞こえないし、姿も見えないから、通訳がいないと困るんだよ」

「この多忙な私に幽霊の通訳係をしろというのかね？　今も雑誌の編集者と打ち合わせの真っ最中なんだが」

三谷が精一杯の威厳をもって言うと、周囲から好奇心の入り交じった視線がちらほらと飛んでくる。

「そんなの待たせておけよ。柏木に万一のことがあったら、あいつがためてるツケが全部ちゃらになるぞ」

「む……」

清水は痛いところをついてきた。さすがつきあいが長いだけのことはある。何だかんだで、柏木を助けてやるたびに発行した請求書の合計は、数十万円にのぼるはずだ。借金の返済におわれる身としては無視できない金額である。

「だが、どうしてもおまえが嫌だと言うのなら仕方がない」

「うん？」

押しの強い清水に、珍しくあっさりひきさがられ、三谷は拍子ぬけした気分になった。

「ところで最近、懐かしい曲をダウンロードしたんだよ。ちょっと聞いてみないか？　昔のユーミン」

「その話はやめろ！　卑怯《ひきょう》だぞ！　思いだしただけで胸が……」

三谷は胸をかきむしって、うずくまる。大男の突然の悶絶に、結花と七尾は仰天《ぎょうてん》した。

（三谷さん⁉）

「大丈夫ですか⁉　救急車をよびますか⁉」

同時に声をかけてきた二人に、三谷は弱々しく首をふる。

「来てくれるんだな？」

嬉々として尋ねる清水に、三谷は断腸の思いでうなずく。

「……わかった。及川君、いいかね？」

（もちろんです！）

結花は力強く即答した。

「すまんが七尾君、君も一緒に練馬署に来てくれ」

「えっ、あたしですか？」

「練馬まで行くのに、タクシーでも三、四十分はかかるだろうから、移動中に打ち合わせをしよう」

「二時から予定が……でも、幽霊も一緒なんですよね？」

予定が、と言いながら、かなり心が揺れている様子である。

「うむ。幽霊が同席する場所で心霊特集の打ち合わせをするなど、滅多にない経験だと思うが」

「わかりました。なんとかスケジュールをやり繰りしてみます」

「すまんが頼む」

三谷は席を立つと、心の中でにんまりと笑みをうかべた。八月発売の雑誌の打ち合わせなど明日どころか来週でも十分なのだが、これでタクシー代の心配をせずに練馬まで行けるというものである。

三

桜田門《さくらだもん》にある警視庁の巨大なビルの片隅に、お宮の間という、うさんくさい通り名でよばれる小部屋がある。正式名称は特殊捜査室。四人の刑事と室長のみで構成される、小さな部署である。

しかも四人の刑事たちのうち三人は、捜査で外出していることがほとんどで、この部屋にはたいてい、渡部《わたべ》室長と桜井《さくらい》文也《ふみや》巡査部長の二人しか残っていない。

その留守番二人組が、パソコンのディスプレイにむかってほぼ同時に叫び声をあげていた。

「柏木君⁉」

「ほんまや、カッシー先輩や！　むこうをむいてるから顔は見えませんけど、あのよれよれの背広とか、胃袋の上を両手で押さえて前かがみになってる姿勢とか、カッシー先輩そのものですよ」

桜井は母親がベルギー人なので、すらりとした長身で、手足も長く、色白で彫《ほ》りの深い顔立ちの、やさしげなハンサムである。英語もフランス語も当然ぺらぺらに違いない、と、見られがちだが、生まれも育ちも大阪の枚方《ひらかた》なので、日本語の、それも関西弁しか話せない。

桜井には写真を透視するという特殊な能力があって、写真にうつっている人間の現在の状況を見通すことができる。この能力は、行方不明者の捜索や、誘拐事件の人質救出などの際に大きな力を発揮するのだが、コンビニ強盗に関しては、何の役にもたちそうにない。

「GPSは……おや、柏木君の携帯の電源が切られていて、現在位置の確認ができません。これは間違いなさそうですね」

渡部は、ふむ、と、うなずいた。

特殊捜査室の一員である柏木は、幽霊係という職務のせいか、何かと危険な状況におちいることが多いので、常に渡部から現在位置を確認できるよう、登録されているのである。

「もしあの包丁で頸動脈《けいどうみゃく》をすっぱり切られたら、かなりやばいんとちゃいますか?」

「大事な人質ですから、そうそう殺したりはしないでしょう。しかし、柏木君は胃が痛むのでしょうか。随分《ずいぶん》まいっているようですね」

二人の背後から、ごほん、と、わざとらしい咳《せき》払いがきこえてきた。紺の制服に八割方白くなった髪、陽焼けした強面《こわもて》。捜査一課長である。

「やはりこちらの柏木君でしたか」

「ああ、失礼」

渡部は身体をおこし、背筋をすっとのばした。英国紳士風のかっちりしたダブルのスーツに身をつつみ、胸ポケットにはチーフをさしている。

「しかし現職の刑事が人質にとられているとは、厄介《やっかい》なことになりましたな。何より柏木君の安全が心配です」

課長は腰の後ろで手を組み、狭い室内をイライラと歩きまわった。舌打ちしたいのをぐっと我慢している様子だ。そもそも捜査一課長が血相かえてお宮の間にかけこんでくるなど、十年に一度あるかないかの珍事である。

柏木が刑事でありながら、自力で犯人を取り押さえられないことに、かなりいらだっているのだろう。その上、刃物をつきつけられた情けない姿を世間にさらしてしまうなど、言語道断である。

「うちとしても柏木君には日頃から助けてもらっているし、こんなことは言いたくないが、もう少し体術の訓練をさせた方が良いのではありませんか？　清水によると、牛乳を買いに入った店で、事件に巻き込まれたそうですよ！」

「ほう、牛乳ですか」

警視庁でのそんなやりとりが聞こえたわけでもないだろうが、画面にうつしだされている柏木が、カウンターの上に置かれたブリックパックの牛乳に手をのばした。

両手を縛られているので、うまくストローをパックの穴にさすことができないようだ。

見かねたのか、犯人がストローをさしてやっている。

柏木は犯人に頭をさげると、両手で牛乳を大事そうにかかえて、口もとにはこんだ。

「うっは、牛乳飲んでますよ。さすがカッシー先輩！」

桜井はぷっとふきだしてしまう。課長が桜井をにらみつけたのは言うまでもない。

「桜井君、不謹慎《ふきんしん》ですよ」

「すんません」

渡部にたしなめられて謝りながらも、頰《ほお》の筋肉がぴくぴく動いている。笑いを必死でこらえているのだ。

「いやいや、まったくおっしゃる通りです。柏木君には体術の訓練を増やすよう、よく言っておきましょう。それで、犯人の身元はもうわかっているんですか？」

「まだこれからです。最近練馬から板橋《いたばし》にかけてコンビニ強盗が連続して発生しているので、同一犯の可能性もあります。まあ身元なんぞわからなくとも、逮捕はできますがね。要はこの店から逃がさないことですよ」

「なるほど。人質が刑事であることを、犯人は知っているのでしょうか？」

「それはまだ何とも。とにかく報道にはもらさないよう、厳しく箝口令《かんこうれい》をしいた方がいいでしょうな」

「よろしくお願いします」

渡部は優雅に頭をさげる。

画面の柏木は牛乳を持ったまま、カウンターの内側に座り込んだ。胃が相当痛むのだろう。

犯人も柏木の首に包丁をつきつけたまま、隣に座る。

「カッシー先輩、大丈夫やろか……」

「見たところ、柏木君はそれほど警戒されていないようですし、刑事であることは知られていないようですね」

「もしも刑事であることがばれたら、がらりと態度をかえてくるでしょうな。人質交換を要求してくるかもしれないし、柏木君の身に危害を加える可能性も高まる。殺してしまっては人質としての価値はなくなりますが、動きを封じるために、手足を傷つけるくらいはするかもしれません」

課長の言葉に、桜井は、うへぇ、と、顔をしかめた。さすがに渡部は表情をかえることなく、軽くうなずく。

「ところでこの事件の指揮は誰がとっているんですか?」

「秦野《はたの》君です」

「ほう」

課長の答えに、渡部は驚いたようだった。

秦野管理官といえば、大のオカルト嫌いで、柏木を天敵と公言してはばからず、かつ、警視庁内人気投票のエレガント部門一位の座をめぐる渡部のライバルでもある。

「まさか人質男性が柏木君とは思いませんでしたからな。しかし今さら管理官をかえるわけにもいかんでしょう」

「なるほど」

渡部は長い指であごをつまむ。

「はたしてこの人選が吉とでるか、凶とでるか……」

課長に聞こえないように、小さくつぶやいたのであった。

四

一体なんだって自分はこんな事態におちいっているのだろう……。

ネクタイで縛られた両手首、首につきつけられた刃先、ななめ後ろには自分を人質に立てこもっている見知らぬ男。

どう考えても、自分の生命《いのち》は風前の灯火《ともしび》である。

ただ一杯、いや、一パックの牛乳が飲みたかっただけなのに……。

がらんとしたコンビニの店内を見回しながら、柏木はその日何十回目かのため息をついた。

今日、いつものように午前十一時に起き、冷蔵庫の扉をあけたら、ヨーグルトがきれていた。

正確には三日も前からきらしていたのに、また買って帰るのを忘れてしまったのだ。

柏木は胃痛持ちなので、朝食はいつも胃にやさしく、かつ、短時間で食べられるヨーグルトですませることにしている。しかし、ここのところ仕事が忙しく、夜が明けた頃にふらふらしながら宿舎まで帰りつくのが精一杯で、三日連続でヨーグルトの補充を忘れてしまったのだ。

　しかも、今日はついに牛乳まできれてしまい、冷蔵庫の中は見事に空っぽである。他に何か食べ物はないかとキッチンの棚をあけてみるが、何年も前に友人の結婚式でもらったかつおぶしが入っているきりだ。さすがにかつおぶしで朝食というわけにはいかない。

　こんな日に限って、寝起きからいきなり胃がしくしくと痛い。職務の疲れとストレスがたまって、胃にきているのだろう。せめて牛乳があれば胃酸を中和できるのだが、ないものは仕方がない。行儀は悪いが、近くのコンビニでブリックパックの牛乳を買って、飲みながら駅へむかうことにしよう。

　今にしてみれば、せめて練馬駅の売店まで我慢して、ホームでの立ち飲みにすればよかったのだが、その時は、他に選択肢はないように思われた。

　そそくさと身支度をすませ、玄関を出る。

　ここのところ雨続きだったのだが、今日は久々に晴れて、暑いくらいだ。濃い青空の中、もこもことわいた積雲が白く輝いている。いいかげん夏物の背広をクリーニング屋にとりに行かないとまずいのだが、なかなか閉店時間までに練馬に戻れない。

（おはよう、柏木さん）

　駅にむかう大通りに出たあたりで、セーラー服の幽霊が声をかけてきた。結花は礼儀正しい憑依霊《ひょうい》なので、柏木の部屋とトイレにはついてこないのだ。

「ああ、おはよう」

柏木は弱々しい笑みで結花に答えた。

背広のポケットから携帯電話をとりだして、耳にあてる。道の両側は飲食店、本屋、銀行などが並ぶ商店街となっており、人通りも多い。しかし、ほとんどの人には幽霊の姿は見えないため、携帯で通話中のふりでもしていないと、ずっと独り言をしゃべっている寂《さび》しい男と思われてしまうのだ。

(なんだか元気がないんじゃない？　早くも夏バテ？)

「どうも今日は朝から胃の調子が悪いんだ」

柏木は左手で胃の上を軽くさすった。

(牛乳は飲んだの？)

「それが、うっかり牛乳とヨーグルトを両方ともきらしてしまって、空《す》きっ腹なんだよ」

(つまり朝から何も食べてないの？　そんな調子で仕事は大丈夫？　幽霊相手の事情聴取って、立ちっぱなしになることが多いよね？)

結花は心配そうに柏木の顔をのぞきこんでくる。

「さすがに何も胃に入れないとしんどいし、とりあえずそこのコンビニで牛乳を買ってから現場に行こうと思ってる」

(今日の現場はどこ?)

「一ヶ所目は目黒《めぐろ》のマンションだったかな。先月一人暮らしの女性が遺体で発見されたんだけど、自殺か他殺か微妙だから、亡くなった本人に直接確認してほしいって頼まれた。もし他殺だったら、誰にどんな状況で殺されたのか詳しく聞かないといけないから、時間がかかるかもしれない」

(ふーん)

そんな話をしながらコンビニに入り、棚から牛乳を一個とって、レジにむかった。時刻は午前十一時三十分くらいだっただろうか。ここまでは、よくあるいつもの出勤風景だったのだ。

財布から小銭を出してカウンターの上に置くと、女性店員の顔が急にこわばった。

「きゃああああっ」

悲鳴をあげながら、柏木の耳のあたりを凝視している。

まさか、自分を見て店員は叫んでいるのか?

一体なぜ?

柏木が驚き、うろたえていると、首にひんやりとしたものがあたるのを感じた。

(柏木さん、後ろ!)

結花が叫ぶ。

「えっ？」

「動くな！　動くと刺すぞ！」

真後ろから聞こえてくる低いかすれ声。

「強盗よっ！」

「えっ、まさか⁉」

「あぶない！」

店内のそこここから叫び声があがる。

強盗って、つまり、強盗、なのか？

柏木の胃袋が緊張でぎゅっと縮こまった。

極力頭を動かさず、眼球だけをななめ下にむかって動かす。

銀色の金属が視界の端《はし》に入る。

間違いない。自分は、今、首に刃物をつきつけられているのだ。

脇の下から冷たい汗がにじむ。

「……あ、あの……」

どうしたらいいんだ⁉

落ち着け、柏木。おまえは仮にも刑事だろう、と、自分に言い聞かせるが、訓練ではない本物の強盗にあうのは初めてである。

どう動けばいいのか、とっさに思いうかばない。

とにかく、この体勢から刃物を奪うのは無理だ。それより何より、恐怖と緊張で身体がかちかちに固まっている。

何ヶ月も体術の訓練をさぼっているし、それより何より、恐怖と緊張で身体がかちかち
とりあえず財布を渡すふりをして、油断を誘ってから取り押さえればいいのだろうか。

そうだ、とにかく財布を渡してみよう。

キリキリと痛む胃袋と、破裂しそうな勢いの心臓の鼓動に、気が遠くなりながらも、柏木はなんとか結論にたどりついた。

「財布なら……」

柏木は財布をもった左手を、ゆっくり上にあげようとした。

「動くな！」

「やめて！」

(柏木さん、動いちゃだめ‼)

背後の男と目の前の店員と隣にいる結花の三人に同時に怒鳴《どな》られ、柏木は硬直《こうちょく》した。

(柏木さん、この男の言う通りにして！　お願い！)

結花は真っ青になって、がくがく震えている。

「この客に危害を加えられたくなければ、今すぐ店の外に出ろ」

再び背後から男の声がする。

カウンターの中には女性店員が二人いたが、無言でうなずきあうと、ころげるようにして店の外にかけだしていった。

「他の店員も、客も、全員外に出るんだ！　言う通りにしないと、こいつの安全は保障しないぞ！」

男はあいている方の腕で、柏木の肩からあごにかけてを背後から押さえつけた。

店内にいた人間は、店員も、客も、我先にと逃げだしていく。

「いや、ちょっと待て！　そこの白いTシャツ！」

犯人に名指しされた客は、聞こえないふりをして走り去ってしまった。

「じゃあ、そこの棚の裏にいる店員！」

棚の陰《かげ》からこちらをうかがっていた若い男性店員は、ビクッと身体を震わせた。犯人が隙《すき》をみせたら、とびかかるつもりだったのかもしれない。

「こっちに来い」

「は、はい」

店員はおそるおそる、柏木から一メートルほどの距離まで近づいてくる。

犯人は左手で柏木のネクタイをほどくと、店員に投げた。

「これで、こいつの手首を縛れ」

「はい」

「わかっていると思うが、変な動きをしたらこいつもあんたも命はないぞ」

「は、はい」

民間人を巻き添えにするわけにはいかない。

柏木はおとなしく両手をそろえて、胸の前にさしだす。

店員は小刻みに震える手で、柏木の手首にネクタイをかけた。

「もっとぎゅっと縛れ」

「はい」

柏木は左右の手首を一緒にまとめてぎゅうぎゅう縛り上げられ、痛みに顔をしかめる。

しかしゆるめてくれと頼める状況ではない。

「よし、もういい。行け」

「はい」

店員は申し訳なさそうに無言で柏木に一礼すると、店の外にかけだして行った。

最後まで残っていたのは、幽霊の結花だ。

（ど、どうしよう、柏木さん。あたし軽い物なら動かせないこともないけど、犯人にぶつけて……ううん、やっぱりだめ！　もしはずみで犯人が柏木さんの首を刺しちゃったら大変だもん！　誰か呼んでくるね！）

そう言い残すと、ガラスの扉をすり抜けて、行ってしまった。

そして柏木と犯人だけが店内に残されたのである。

五

十一時四十分。

そこそこの広さのあるコンビニの店内で、包丁男と二人きりになってから、五分はたっただろうか。

普段なら店員がレジをうっているカウンターの内側で、二人はずっと立ちつくしている。

「悪いね、お兄さん。楽にしてくれていいから」

包丁男は急にくだけた口調になった。

「そう言われても……」

柏木は困惑の眼差《まなざ》しを犯人にむける。首にぴったりと包丁を押しあてられたままで、くつろげるわけがない。

柏木を人質にとって立てこもっているのは、五十代くらいの男だった。帽子をまぶかにかぶり、マスクをしているが、よく見ると、あごにうっすらとはえた無精髭《ぶしょうひげ》の半分は白いし、目の脇には深いしわがきざまれている。ポロシャツの上からはおった薄手のジャケットに、だぶだぶのコットンパンツ。身長は柏木より若干低く、一七〇前後といったところか。瘦《や》せ型である。

「本当はこんな真似したくなかったんだけど、事情があってさ」

男はあいている方の手でポンポンと親しげに柏木の肩をたたき、ぎらぎらした大きな目を細めた。もしかしたら笑ったのかもしれないが、マスクをしているのでよくわからない。

「いざって時以外は刺したりしないから、そう緊張しないでよ」

「はあ……」

やはり、いざという時は刺すつもりなのか。

まるで任侠《にんきよう》映画に出てくる中堅幹部である。口調は気さくだが、笑顔の裏で何を考えているのかさっぱり読めない。威張り散らしているチンピラよりもはるかにすごみがあり、不気味なのだ。

「あの……できれば包丁をおろしてもらえませんか？」

「それはだめだよ。包丁をおろした途端に、警官たちが押し寄せてくるに決まってるじゃない」

「そうですね」

残念ながら同意せざるをえない。

この店の大通り側はガラス張りになっており、扉の両側の雑誌棚ごしに、外の様子を見ることができる。

先ほど店から数メートル離れたところに規制テープがはられたのだが、むこう側は黒山の人だかりだ。

「すごい人だよねぇ。みんな暇《ひま》なのかな」

「はあ」

最初、黒山を構成していたのは主にやじうまだったのだが、ほどなく重装備の機動隊が到着した。追いだされた店員か客が通報したのだろう。しかし人質に刃物がむけられていては、手のだしようがない。こちらの様子をうかがっては、しきりに無線で連絡をとっている。おそらく練馬署あたりに捜査本部がたったのだろう。

警察が黄色い規制テープをはりめぐらせ、大通りを通行止めにしたあたりで、今度は続々と報道陣が到着した。そういえばちょうど、お昼のニュースの時間帯だ。マイクをもったレポーターたちが次々にあらわれる。カメラはもちろん、照明や音声のスタッフも一緒だ。自分の情けない姿が今、この瞬間、日本中のお茶の間に流されているのだろうか。

せめて顔をテレビカメラからそむけてみる。

案の定、背広のポケットから着信音が聞こえてきた。早速テレビを見た誰かが、携帯電話にかけてきたのだろう。

「おっと」

包丁男は柏木の耳元に顔を近づけた。

「お兄さん、携帯出して」

軽い口調だが、目が全然笑っていなくて、かえって怖い。

「はい」

ネクタイで縛られた不自由な手で、なんとか携帯をひっぱりだした。発信元は三谷になっている。もしかしたら結花が三谷をみつけて、助けてくれと頼んだのかもしれない。

「電源切ってもらっていい?」

「はい」

うまく携帯電話を操作できず、もたもたしていると、「貸して」と、犯人が柏木から携帯をとりあげ、電源を切った。カウンターの上に、牛乳とともに並べられる。

それにしても、男が柏木に包丁をつきつけてから、けっこうな時間が経過している。さっさとレジの現金を持って逃げればいいのに、いっこうにその気配がない。一体何をぐずぐずしているのだろう。

もしかして、レジのあけ方がわからないのだろうか? 実のところ、柏木もレジの操作は全然わからないのだが、鍵がささったままになっているし、いくつか並んでいるボタンのどれかを押せば、現金のトレーが出てくるのではないだろうか。しかし、男は、レジには目もくれようとしない。

そもそも、人質をとった時点で、店員に金を出すよう要求すべきだったのだ。それがコンビニ強盗の常道というものだろう。なぜ店員と客を全員追い出し、店に居座ったりしたのだろうか。

この包丁男はよほど緊張していて強盗のやり方を間違えてしまったのか、それとも別に目的があるのだろうか？

もっとも、あっという間に集まってきた警察やマスコミに店周辺をびっちり包囲されているので、逃げるに逃げられないだけかもしれないが。

いずれにせよ、このままだと膠着《こうちゃく》状態におちいってしまう。

捜査本部の指揮は誰がとっているのだろう。

まずは犯人との接触、交渉を試みてくるはずだ。交渉決裂ということになったら、最終手段として狙撃ということになるかもしれないが、こんなに一般市民が大勢いる場所で犯人を狙撃するのは難しい。

とにかく長丁場になることは間違いなさそうである。

金属の冷たい感触にもだいぶ慣れてきた。生命の危機だというのに、自分は意外にも図太い人間だったようだ。

このまま包丁で首を切られたらどうなるのだろう。

頸動脈《けいどうみやく》を切られたら、かなりの確率で失血死しそうである。あるいは肺に血が流れこんでの窒息《ちっそく》死だろうか。どちらにせよ、相当痛くて、苦しい思いをすることになりそうで、想像するだけでぞっとする。

死んだら自分も幽霊になるのだろうか。幽霊係の刑事が幽霊になってしまうなんて、しゃれにならない。できればさっさと成仏《じょうぶつ》させてもらえるとありがたいのだが、幽霊になるかならないかなど、自分に選択の余地があるとも思えない。

だが、今のところ、生命の危険よりも、胃の痛みの方が深刻だ……。

空調がききすぎて、じわっと冷えてきた。冷えは胃の大敵だ。朝からしくしく痛んでいた胃が、今やずきずき痛む。冷えに加えて、包丁をつきつけられている緊張も大きい。せめてカウンターの上に置きっぱなしになっている牛乳を飲めれば少しはましになるはずなのだが、犯人がそれを許してくれるだろうか。

柏木は縛られた両手首で、胃の上をそっと押さえた。

「つ……」

前かがみになり、うめき声をもらす。

「どうしたの？」

「すみません、胃が……。冷えたみたいで……」

「胃？」

男はけげんそうな顔をする。

「はい。もともと弱いんです」

「困ったね。薬は持ってないの？」

「買いに行く時間がなくて……。あ、でも、そこの牛乳を飲めば少しは楽になるんですけど」

「じゃあ飲めば？」

「すみません」

柏木は頭をさげると、カウンターの上に置きっぱなしになっていた牛乳に手をのばした。良い感じでぬるくなっている。

柏木がストローをうまくブリックパックにさせないで苦労していると、犯人がストローをとりあげ、さしてくれた。

「ありがとうございます」

頭をさげると、牛乳をひとくちすする。

胃酸うずまく胃袋の中に牛乳がとけこみ、痛みがやわらいだ。こういうのを、思い込みによるプラシーボ効果というのかもしれないが。

「少し楽になりました」

柏木が蒼《あお》い顔に弱々しい笑みをうかべると、よかったね、と、犯人はうなずいた。

「あの、ここに座ってもいいですか？　なんだかふらふらしちゃって」

嘘ではない。空腹と胃痛のダブルパンチで、立っているのがやっとなのだ。

「いいよ」

男が許可してくれたので、柏木は狭いカウンターの内側に腰をおろした。壁際の棚に背中をもたせかけると、膝をたてて体育座りのような格好をする。男も柏木の首に包丁をつきつけたまま、隣に座った。

「朝、何も食べなかったのが悪かったのかな。最近仕事の疲れもたまってたし……」

柏木は、ふう、というため息とともに、愚痴めいたつぶやきをもらす。

「病院でみてもらったの？」

「いえ……」

「だめだよ。悪い病気かもしれないから、ちゃんと検査してもらわないと」

「わかってはいるんですけど、仕事が忙しくて」

「お兄さん、何の仕事をしてるの？」

「公務員です」

嘘はついていない。

「公務員？　もしかしてそこの区役所？」

このコンビニから数分のところに練馬区役所がある。外壁に青銀色のガラスをはった、二十一階建ての派手な庁舎だ。

区役所の場所を知っているということは、この男は練馬区民だろうか。いや、あれだけ目立つ建物だから、区民以外にも知られている可能性はあるか。

「あ、いえ、都の職員です」

この状況で警視庁の刑事とは言えない。

「昨日徹夜だったので、今日は午前半休をとって、これから出勤するところだったんです」

なぜこんな時間に練馬のコンビニにいたのか、疑問を抱かれるかもしれないと思い、慌てて言い訳をつけたす。

「へえ、都の職員でも、そんなに忙しい部署があるんだ」

「上司が人使いの荒い、というか、うまい人で、気がつくといっぱい働かされてるんですよ」

「大変だね」

哀れみのこもった眼差しでしみじみと言われ、柏木は困惑した。

たとえばこれが居酒屋で隣の席になった人だったら、そうなんですよ、聞いてくださいと、続けるところだが、包丁を握《にぎ》ったまましみじみ言われても戸惑《とまど》うばかりである。

あいかわらずレジの現金にも無関心のようだし、一体どういうつもりなのだろう。正直、フレンドリーに対応されればされるほど、薄気味悪い。

「実は、誰を人質にするか選んでいた時、昼間から仕事をさぼってコンビニに来ているようなやつだから、少々危険な目にあわせてもかまわないだろうと思って、お兄さんにしたんだよ。それに、一番弱そうだったし。見るからに疲れている様子だったけど、持病があるとまでは気づかなくて、悪かったね」

「そ、そうだったんですか……はは……」

笑い飛ばそうとしたがうまくいかず、がっくりとうなだれた。

犯人に紳士的に謝罪されてしまうなんて、人質としてどうなんだろう。レジをうっていた女性店員たちよりも弱そうに見えたあたり、少なくとも警察官としてはもう終わっているような気がする。

「それにさ、お兄さん、妻子とかいなさそうだったし」

「ええ、まあ、いませんけど……」

「良かった。小さい子供がいる人を巻き込むのは気がひけるもんね」

しまった、ここは嘘でも妻子がいると言っておくべきだったのか？

「あの、でも、田舎《いなか》に両親がいるんです。私が死んだらすごく悲しむと思います」

「えっ、そうなの⁉ 困ったな」

男はマスクの上から顔をなでた。

「あと、年老いた祖母と、姉二人も」

「なーんだ、お姉さんたちがいるんだ。じゃあ大丈夫だね」

男は目を三日月形にして笑い、柏木の肩をポンポンとたたく。

「そ……」

そんな馬鹿な、と、言おうとしたが、言葉が続かなかった。

大丈夫って……大丈夫って……しかも笑顔で。

やっぱりこの男はVシネマの若頭クラスだ。一体なんだってコンビニ強盗なんてチンピラ級の犯罪に手をそめているのだろう。

人質から解放されたら、広島に帰って、祖母の畑作りでも手伝おうかな……。生きて解放されればだが。

にぶく銀色に光る刃先をながめながら、柏木はまた大きなため息をついた。

第二章　幽霊係、幽霊に助けられる

一

十二時三十分。

練馬駅にほど近い場所に練馬警察署はある。脇道沿いにある、ベージュ色の地味なビルだ。その大会議室に設置された捜査本部で、管理官の秦野は苦虫を百匹ばかりかみつぶしたような渋《しぶ》い顔をしていた。

目の前にいるのは人気霊能者の三谷啓徳。そして、秦野には見えないが、柏木に取り憑《つ》いている少女の幽霊まで来ているという。

席についている数十名の刑事たちを見わたすと、皆、さっと視線をそらした。さわらぬ神にたたりなし、ご機嫌ななめの管理官とは目をあわせるなと言わんばかりだ。しかし内心では、オカルト嫌いの管理官と霊能者と幽霊少女というとりあわせに遭遇《そうぐう》して、興味津々《きょうみしんしん》に違いない。

　まさしく厄日《やくび》である。

　それもこれも、あのまぬけでお人よしの幽霊係が、人質になんかとられているせいだ。特殊捜査室とは縁《えん》もゆかりもない、普通の刑事が人質だったら、こんなことにはならなかっただろうに。

　そもそも民間人を捜査本部に立ち入らせること自体、通常ありえないことである。しかし今回は、人質が柏木で、かつ、一刻の猶予《ゆうよ》もないことから、直接三谷から話を聞いておくべきだ、と、清水に説得されたのだ。たしかに清水が三谷から事情を聞いて、それをさらに秦野に伝えるとなると時間のロスがでる。いくら不愉快な事態でも、論理的に正しければ、秦野としては受け入れざるをえない。

　だが霊能者や幽霊とは関わりたくないという信条に、かわりはない。さっさと情報を聞きだして、お引き取りいただくに限る。

　若い管理官はやや長めの前髪をなでつけながら、これも仕事だ、と、自分に言い聞かせた。

「清水君、最初に確認しておきたいのだが、この人質が柏木君だということは確かなのかね？」

　ホワイトボードにはりだされた人質の写真を、こんこん、と、ノックするように折り曲げた人さし指の関節でこづいた。

店外から撮影した画像をめいっぱい拡大、補整したもので、言われてみれば柏木によく似ている。

「間違いありません。柏木に取り憑いている幽霊の及川結花さんがそう証言しています」

「ほう、幽霊が、ね……」

秦野は清水に冷ややかな視線をおくるが、清水の方は慣れっこなので、まったく動じない。

「午前十一時二十分頃宿舎から出てきた柏木は、十一時三十分頃牛乳を買いにコンビニに入り、レジで支払いをしていたところ、後ろに並んでいた犯人に包丁をつきつけられました。この男ですね」

同じくホワイトボードにはりだされた犯人の拡大画像を清水はさし示した。

「犯人は店員と客を脅《おど》し、全員を店外に退去させたそうです」

「そこまでは店員たちの証言と一緒だな。それで?」

「柏木を人質にして立てこもり、現在にいたっています」

「それだけか?」

「他に何かあるか聞いてくれ」

清水が三谷に頼むと、三谷は「どうだ?」と、結花に尋ねる。秦野には、三谷が何もない空間にむかって話しかけているようにしか見えない。

（あたしは三谷さんを捜しに行ったから、その先のことはわかりません。お店の中でうろうろしていても、できることは何もないし……）

結花はしょんぼりと答える。

「その先のことはわからんそうだ」

三谷が清水に伝え、「だそうです」と、清水が秦野に伝えた。秦野が直接三谷に話しかけようとしないため、奇妙な伝言ゲーム状態となっている。

「犯人は柏木の顔見知りか？」

（うーん、柏木さんに取り憑いて、かれこれ五年になるけど、あの顔は見たことないです）

「しかし、ここ五年間で柏木と接触のあった人間全部の顔を、覚えているわけではないだろう？」

（それはそうですけど、犯人が知り合いだったり、ましてや柏木さんを恨んでいる人だったりしたら、もっと違う雰囲気になると思うんですよね。あっ、おまえはあの時の……みたいな？）

「なるほど、柏木はあくまで偶然、人質にされたというわけだな」

三谷の言葉に、清水もうなずく。

「練馬区、板橋区で発生している連続コンビニ強盗に、柏木君が偶然巻き込まれたという可能性が高いな」

秦野は中指でメガネのフレームを押し上げながら、結論づけた。

ホワイトボードには、連続コンビニ強盗犯の白黒画像もはりだされている。先月被害にあった店の防犯カメラにうつっていたものだ。やはり帽子をかぶり、手に包丁を持った男だが、マスクのかわりにサングラスをかけている。今回の犯人と似ていると言えば似ているが、似ていないと言えば似ていない。とにかく顔の露出《ろしゅつ》部分が少なすぎる。

「しかしなぜ犯人はさっさと金を奪って逃げないんだ？　これまでは現金を手に入れたらすぐに逃走していたのに、妙だな。それに、これまでの犯行はいずれも人が一番少ない早朝を狙《ねら》っている。なぜ今回に限り真っ昼間なんだ？」

「不明です。人質がいるにもかかわらず何も要求してこないところを見ると、仲間が逃走手段を用意して、迎えに来るのを待っているのかもしれません」

「時間稼《かせ》ぎというわけか」

清水の答えに、秦野はチッ、と、舌打ちをした。

「それで、人質が刑事だということは、犯人に知られているのか？」

「おそらく今はまだ知られていません。ですが、柏木が身分証を所持している以上、ばれる危険は十分あるでしょう。そのへんの詳《くわ》しい様子は、及川さんに探ってきてもらってはどうでしょうか？」

「幽霊を使うのか？」

清水の提案に、秦野は露骨《ろこつ》に嫌そうな顔をする。

「犯人に気づかれることなく柏木の状況を探るには、彼女に頼むのが最適です。もし突入ということになったら、タイミングを知らせることも可能ですし、こうなると人質が柏木だったのは不幸中の幸いと言えるかもしれません」

「それはどうかな」

秦野はむすっとした表情で、ホワイトボードにはられた柏木の顔をにらみつけた。


捜査会議が開かれていた頃、練馬署の前を、若い女性が困り顔でうろうろしていた。女性週刊誌の編集者、七尾満里奈である。

心霊特集号の打ち合わせが終わらないうちに、タクシーが練馬に着いてしまい、「すぐすませて戻るからここで待っていてくれ」と三谷に言われたのだ。無断で帰るわけにもいかず、もう二十分以上待っているのだが、いっこうに出てこない。

普段であれば、玄関前に立っている警察官によびとめられるところだが、今日は報道関係者が何人もはりついているため、特に不審がられることもなく放っておかれている。

「二時から会議なんだけどなぁ……一度編集部に戻っちゃだめかなぁ……でも三谷さんを

怒らせて、呪《のろ》われるのも怖いしなぁ……うーん……」

七尾はゲームアプリの画面にむかってつぶやいた。

二

十三時三分。

(柏木さん、大丈夫⁉)

結花が壁をすり抜けて、事件現場であるコンビニに戻ってきた。いなくなってから一時間半ぶりである。

柏木のまわりをくるりとひとめぐりし、無傷であることを確認すると、結花はほっとした様子だった。

(良かった。どこも怪我してないのね)

柏木は小さくうなずく。

(あ、あたしがいるって犯人にばれちゃいけないから、返事はしないでいいよ。もっとも、全然見えてないみたいだけど)

結花は立てこもり犯の前でわざとらしく手をひらひらふってみたが、まったく反応はない。幸い霊感体質ではないようだ。

（遅くなってごめんね。清水さんに言われて、そこの練馬署で、事件が発生した時の様子を説明させられてたの。もちろん清水さんは直接あたしとは話せないから、三谷さんの通訳つきで。柏木さんが他の幽霊から事情聴取をするところは毎日見てるけど、いざ自分が答えるとなると緊張するね。知らない刑事さんたちがいっぱいいたし）

結花は肩に手をあてて、首をこきこきと動かすそぶりをした。

（あ、あの人もいたよ。眼鏡をかけた、嫌味っぽいつり目の管理官）

柏木は驚きのあまり、えっ、と、声をあげそうになるのをぐっとこらえる。

それはもしや、オカルトが大嫌いな秦野管理官のことだろうか。

柏木がもの問いたげな目をしていると、結花はうなずいた。

（そうそう、こうやって眼鏡のフレームをあげる人）

中指でフレームをあげる仕草をしてみせる。間違いない、秦野だ。

（あの人、幽霊とか霊能者とか大嫌いじゃない？　なのに山伏みたいな格好をした三谷さんがやってきたから、眉間《みけん》にぎゅーっとしわをよせてた）

さもありなん。目にうかぶようである。

（しかも清水さんが、あたしを柏木さんとの連絡係にしようなんて提案をしたものだから、今にも卒倒しそうだったよ）

結花は愉快そうにぷぷっ、と、笑った。連絡って何だ、と、柏木が軽く首をかしげると、さっと表情をあらためる。

(ええと、まず、柏木さんが警察官であることがもうばれているのかどうか、確認してきてくれって言われたの。イエスなら一回、ノーなら二回まばたきをして)

柏木が二回まばたきをすると、結花は神妙な顔でうなずいた。

(まだばれてないのね、わかりました)

話し方までがいつもと違う。人質との連絡係という重要な役割を頼まれて、肩に力が入っているようだ。

(二問目。犯人は単独犯か?)

柏木はためらわず、まばたきを一回した。

(つまりこの人は単独犯で、仲間はいないのね?)

確認の質問に、もう一度まばたきをする。

なるほど、仲間が来るまでの時間稼ぎという可能性を、捜査本部では考慮しているらしい。

しかし犯人に仲間がいる気配は、まったく感じられない。もし仲間がいたら、電話やメールで連絡をとるはずだが、そうしないどころか、時計を見ることとすらないからだ。

(三問目。最近練馬と板橋でコンビニ強盗が連続して発生しているが、今回の事件との関わりは? って、要するに、同一犯だと思うかって質問かな?)

柏木は首をかしげて考えこんだ。

（なんでも、包丁を使ってるところは一緒だけど、いつもはすぐにお金をとって逃げてるみたい。あと、これまでは時間帯も早朝だって言ってたかな。顔はね、似てるような似てないようなビミョウな感じだった。っていうか、白黒だったし顔アップでもなかったから、あたしは正直よくわからなかったな）

結花が追加情報をくれたが、やはり柏木は首をかしげるばかりである。

（イエスでもノーでもないってことは、不明ってこと？）

柏木はまばたきを一回した。立てこもっていることといい、どうも普通のコンビニ強盗ではなさそうな気はするが、連続強盗犯の情報を持っている捜査本部の方が、正確な判断をくだせるはずだ。ここはうかつなことを言わない方がいいだろう。

（四問目。今のところ捜査本部では、犯人の身元が全然わかってないのね。ほら、帽子とマスクで顔もほとんど見えないし。交渉を始める前に、何か聞きだせるようなら聞きだしてくれだって。でも、これはまばたきじゃだめだし、どうすればいいのかしら？）

結花は困り顔で柏木のまわりをうろうろしている。

「あのー、余計なお世話かもしれませんが……」

柏木は犯人に声をかけた。結花の前で、犯人から情報を引きだしてみせるしかなさそうだからだ。

柏木の意図を察して、結花は大急ぎで犯人の間近にスタンバイする。

一言も聞きもらすまいとしているのだろう。

「何？」

「どうしてお金を持って逃げないんですか？　このレジにお金入ったままだと思いますけど」

「そうかもね」

男はうなずくが、動こうとしない。

「もしかして、お金目当てじゃないんですか？」

「どうかなぁ」

男はマスクの上から鼻をつまんだ。

「やっぱり違うんですね」

「お兄さんの想像にまかせるよ」

肯定はしないが、否定もしない。

柏木は目で結花に合図する。

「弱そうだから私を人質にしたって言っておられましたし、知らないうちに私があなたの恨《うら》みを買っていたということはないですよね。となると、ひょっとして、この店に何か恨みでもあるとか？」

「じゃあ、この近所にお住まいで、コンビニならどこでもよかったんですか？」

「うるさいな、君には関係ないだろう！　君は刑事か⁉」

男は急に声を荒らげ、カウンターを蹴《け》りつけた。ガン、という物音に、結花の悲鳴がかぶさる。

自分では素朴な疑問として尋ねていたつもりだったが、いつのまにか事情聴取っぽくなっていたのかもしれない。

「あの、す、すみません……」

ばれたのか？　いや、まさか、これだけの質問で自分が刑事だとばれるはずはない。だが、ポケットの中の身分証を見つけられれば、それまでだ。

顔から血の気がすーっとひいていくのが、自分でもわかる。

「何だ、その真っ青な顔は。図星か⁉」

男はあいている手で柏木の襟《えり》をつかみ、自分の顔にひきよせた。柏木をにらみつける大きな目が血走っている。

「うっ……」

「何だ⁉」

「胃が……ストレスで胃に激痛が……」

「全然ないよ」

柏木は両手首で胃の上を押さえた。演技ではない。額《ひたい》とてのひらから冷たい脂汗《あぶらあせ》がにじむ。呼吸をするのもつらいくらいだ。

「いた……」

「おい、大丈夫か⁉」

男はびっくりしてワイシャツの襟から手をはなした。

「しばらく、すれば、おさまると……思います……」

柏木は息もたえだえに答える。

「あー、もう、どんだけ胃が弱いんだよ。今お兄さんに倒れられたら、とんだ足手まといなんだからね。勘弁してよ」

内容はともかく、声や表情は随分《ずいぶん》やわらかくなった。柏木の胃弱に驚きあきれるあまり、怒りはおさまったようだ。

「すみません……」

「怒鳴ったりして、おれも悪かったよ」

「こちらこそお気にさわることを言ってすみませんでした。ただ、私にはあなたが目立ちたいとか、警察を困らせたいとか、そんな理由でここに立てこもっているようには見えなかったものですから……詮索をするつもりはなかったんです。そもそもこの状況じゃ、逃げるに逃げられないですよね……」

柏木がぼそぼそ言い訳をすると、男は険《けわ》しい目つきで店の外を見た。あいかわらず警察、報道陣、やじうまで大変な人だかりである。その上、上空をヘリが飛ぶ音まで聞こえはじめた。

柏木は右手をぎゅっと左手で握《にぎ》りこんだ。

あと一押し。

この際、犯人の目的をはっきりさせるためにも、交渉の糸口をつかむためにも、賭《か》けに出てみるか。

がんばれ、おれ。いや、おれの胃。

「いっそのこと、金を持ってこいとか、車を用意しろとか、警察に要求してみたらどうでしょう？」

（柏木さん、犯人にアドバイスなんかしていいの⁉）

結花に仰天《ぎょうてん》した様子で言われ、胃にキリッと鋭《するど》い痛みが走る。

いいわけがないが、他に思いつかないのだから仕方がない。

「刑事ドラマでは、たいがいそうするものですよね？」

「要求かぁ……。でも、あれじゃあ話なんてできないよ」

男は店のまわりをぐるりと固めている警察官たちを見て、ためらっているようだった。

扉をあけた途端、取り押さえられてしまうのを懸念《けねん》しているのだろう。

秦野にしても、テレビで生中継されながらの交渉は、やりたくないはずだ。

「あ、よかったら、私の携帯電話を使ってください」

柏木が提案すると、男はしばらく思案してからうなずいた。

包丁を左手に持ちかえると、右手で携帯を持つ。電源ボタンを押し、柏木が教えた暗証番号を入れる。

「君の携帯、着信が三十回入ってるぞ」

「テレビを見た友人知人たちでしょう。気にしないでください」

「それで、どこに電話すればいいんだろうな?」

「一一〇番でいいんじゃないでしょうか?」

「そうか」

男は素直にうなずいた。

「あ、もしもし? 練馬のコンビニに立てこもっている者なんだけど……いや、通報じゃなくて、本人だ。今おれが携帯でしゃべってるの、テレビで中継されてるんだろ?」

オペレーター相手に、緊張した様子で話しはじめる。

「警察に頼み、いや、要求がある」

男はひと呼吸おいた。

「……捜してほしい人がいる。八年前まで練馬第三中学校に勤めていた樋口《ひぐち》先生を捜して、ここまで連れてきてほしい」

男はそれだけ言うと、急いで通話を終了し、電源を切った。疲れた様子で、ふー、と、息を吐きだしているのが、マスクごしにもわかる。

「ありがとう、お兄さん。樋口先生のことを警察に言うかどうかずっと迷ってたんだけど、お兄さんのおかげでふんぎりがついたよ」

犯人は、肩の荷がおりたといわんばかりの、すっきりした表情だ。

「え、あ、そうだったんですか」

この男を警察との交渉のテーブルにつかせることができれば、と思っての提案だったのだが、もしかして、とりかえしのつかないことをしてしまったのではなかろうか。胃がキリッと痛む。

「しばらくこの携帯借りてていい？」

「どうぞ」

柏木は愛想よくうなずく。

それにしても、金でも車でもなく、人間を捜してくるよう要求するとは意外だった。たまに、別れた妻に会わせろと、妻の実家で暴れる男がいたりはするが、その樋口先生やらとこの男の間に一体何があったのだろう。

この男が以前、樋口先生に教わった時に何かトラブルがあり、ずっと恨んでいた、とかだろうか。いや、どう見てもこの男が中学を卒業してから四十年はたっている。樋口先生が女性で、この男の別れた妻だと言われた方がまだ納得がいく。

「樋口先生って、女性ですか?」

「男だよ」

別れた奥さん説はあっさり否定されてしまった。

「なーんだ、別れた奥さんとか昔の彼女ってわけじゃないんですね」

事情聴取っぽくならないよう気をつけながら、なるべくさりげなく柏木は言う。

「残念ながら違うね」

「じゃあ、以前樋口先生と何かトラブルでもあったんですか?」

「んー、どうかなぁ」

男は右手で左の肩をもみながら答えた。

だが、わざわざこんな立てこもり騒《さわ》ぎをおこしてまで、再会を望むくらいだ。よほどの理由があると考えるべきだろう。

樋口先生に関する情報収集は、捜査本部にまかせた方が早そうだ。

柏木はさりげなく右手の親指をドアの方に動かし、結花に行くよううながす。

(練馬署に戻れってこと?)

結花は不満そうに唇をとがらせたが、柏木がまばたきを一回すると、仕方なさそうにうなずいた。

（大急ぎで行ってくるから、絶対無茶しないでね！）

　幽霊はふわっと空中に浮かぶと、再び壁を抜けて翔《と》んでいった。

三

　十三時十五分。

「男が携帯で通話をはじめました！」

　むかいのビルから双眼鏡で店内の様子を見張っていた捜査員から報告が入ると、全員一斉にテレビの生中継に目をむけた。

「通話先はどこだ？　仲間か？」

「一一〇番に犯人を名乗る男から入電です！」

　本庁からの連絡を受けた刑事が大声で報告する。

「金の要求か⁉　それとも車か⁉」

　初めての犯人からのアクションに、捜査本部に緊張が走った。

　だが、男が要求してきたのは、金でも逃走手段でもなかったのである。

「練馬第三中学校の樋口先生？　怨恨《えんこん》か？」

三谷の質問に、清水は肩をすくめた。

「さあな。最期に恩師に会っておきたいっていうパターンかもしれんぞ」

「最期って、自殺か？」

三谷は太い眉《まゆ》を寄せ、しかめっ面をする。

「立てこもり犯っていうのは、たいてい、せっぱつまってるものだからな」

「おいおい、柏木は大丈夫なのか」

「至急教育委員会に問い合わせて、樋口教諭の現在の勤務先と住所を確認、身柄《みがら》の保護を。それから通話に使用された携帯電話の所有者を照会」

ざわつく中、秦野は落ち着いた口調で刑事たちに指示した。

やっと事件解決への糸口がつかめ、少しほっとしたようにも見える。

「携帯の所有者が判明しました。柏木雅彦、東京都在住、三十二歳です」

「案の定だな。そんなことだろうと思ったよ」

秦野は顔をしかめたが、舌打ちまではしなかった。

（三谷さーん）

壁をすり抜けて戻ってきたのは、セーラー服の幽霊である。

「やれやれ、やっと戻ってきたか。いいかげん七尾君も待ちくたびれているだろうから、手短に頼む」

（待たせてごめんなさい）

結花は柏木の様子を大急ぎで三谷に伝えた。

「なるほど、警察に要求をだすよう柏木が犯人に提案したというわけか」

「どういうことか、説明してもらえるかね」

ついにしびれをきらした秦野は三谷に迫った。

三谷が通訳する結花の話に、全員が聞き耳を立てる。

「単独犯だと判断した根拠は？」

（そこまでは聞けなかったんですけど、柏木さんはかなり自信がありそうでした）

「根拠不明の自信か」

「一時間半も一緒にいれば、それなりに感じ取るものがあったんでしょう。警察官を十年もやっている人間の言うことですし、信用してもいいんじゃないですか？」

「牛乳を買いに入った店で人質にとられているまぬけでもあるがな」

清水の言葉に、秦野は皮肉っぽい笑みで答えた。

（何よ、この人、超感じ悪い！）

「うむ。こんなやつと仕事をしているから柏木は胃が悪くなるのだな」

「何か？」

「この人超感じ悪い、と、及川君が怒っている」

三谷の言葉に、大会議室は水をうったように静まり返る。さすがにふりむきはしないが、心の中でふきだしたり、同意したりしているのだろう。

「幽霊になんか好かれなくて結構。なつかれたりしたら、かえって迷惑だ」

秦野は平然とした様子で、左手の中指でフレームを押しあげた。

「幽霊が暴走するとひどいから、あまり怒らせない方がいいと思うが」

三谷の警告に、秦野の顔がこわばった。以前、幽霊がおこした嵐のようなポルターガイストに巻き込まれたことがあるのだ。その時、柏木が一緒だったのは言うまでもない。

「幽霊が暴走した時は、三谷さん、あなたがなんとかしてくれるんでしょう?」

「霊を鎮《しず》めるとなると、特別料金が必要となります」

三谷はすかさず守銭奴《しゆせんど》としての本領を発揮した。秦野への嫌がらせも少しはあったかもしれない。

「あのー、すみません、よろしいですか?」

秦野の頭上にたれこめる暗雲でも見えたのか、古参の刑事が遠慮がちに声をかけた。

「何だ」

「たしかに練馬第三中学校には樋口という国語の先生がいたそうなのですが、八年も前に退職していて、現在の消息は不明です。当時の電話番号はつながらないので、おそらく転居したものと思われます」

樋口行男《ゆきお》、現在六十二歳、香川県出身、西東京大学教育学部卒、と、基本データがホワイトボードに書き込まれていく。

「西東京大学教育学部の同窓会で現住所がわからないかあたってみます」

「固定電話だけ解約している可能性もある。念のため在職中の住所も確認を」

秦野は苦手な話題から解放され、てきぱきと指示をだす。

「清水君、君は練馬第三中へ行ってきてくれ。樋口先生について聞き込みを」

「はい」

「きりもいいことだし、私もこのへんで仕事に戻らせてもらうか。編集者も待たせていることだしな。まさかこんなに足止めをくらうとは思わなかったぞ」

三谷が清水とともに部屋を出ようとした時、だみ声の刑事が叫んだ。

「管理官、大変です、お昼の情報番組に！」

生放送を示すＬＩＶＥの文字がおどる画面にうつっているのは、編集者の七尾だった。

練馬署の玄関前でインタビューを受けているところらしい。

「ええ、そうなんですよ。今、霊能者の三谷啓徳さんが、霊能力を使って、捜査協力をしているところなんです」

七尾は首にまいたストールの先を指先でもてあそびながら、嬉しそうに話している。

「ちょうどあたしと打ち合わせをしている最中に、事件の一報があって。なんでも、人質にとられているのは三谷さんの知り合いの刑事さんらしいんですよ。ええ、警視庁の」

秦野が立ち上がって叫んだ。

「この女を今すぐ確保しろ!」

「あ、もちろん詳しい内容は『週刊女性ライフ』の心霊特集号でお伝えしますので、お楽しみに……え、あの、何ですか?」

練馬署の玄関からかけだしてきた刑事たちが、両脇から七尾の腕をつかむ。

「署内で詳しいお話をお願いします」

「あ、あの……?」

「中へ入っていただけますか」

「『週刊女性ライフ』の心霊特集号は八月十日発売です、よろしくー」

七尾はひきずるようにして連れていかれながらも、テレビカメラにむかって笑顔で手をふり続けたのであった。

四

十三時三十五分。

練馬第三中学校は五時間目の授業中で、運動場や音楽室からにぎやかな生徒の声が聞こえてくる。

八年前までこの学校で国語を教えていた樋口先生を捜している、と、受付の事務員に告げると、校長室に通された。

「私は二年前にここに赴任《ふにん》してきましたので、それ以前のこととなると、ちょっとよくわからないんですが……」

校長が本棚にずらりと並ぶ卒業アルバムから、八年前のものをひっぱり出す。

「ああ、この先生ですね」

国語教師のページに、樋口先生の写真がのっていた。ワイシャツとネクタイの上に毛糸のカーディガンをはおり、眼鏡をかけた顔に温厚そうな笑みをうかべている。七三にわけた髪は半分ほどが白い。当時は五十四歳だったはずだが、やや疲れて見える。

「樋口先生の在職中、親しかった先生はまだいらっしゃいますか？」

「八年前ですからねぇ……」

校長が紹介してくれたのは、保健室の先生だった。名前は真鍋敏子《まなべとしこ》。丸い顔にうかぶ小さなえくぼがかわいらしい。白衣からほのかに甘い香りがただよう。この学校にかれこれ三十年近く勤務している、生き字引きだという。

「警視庁の清水といいます」

警視庁と聞いて、真鍋は顔を曇《くも》らせた。

「うちの生徒が何か？」

「いいえ、違います。こちらに八年前まで勤務しておられた樋口行男先生を捜してましてね」

「樋口先生を？　あの樋口先生が事件か事故でもおこされたんですか？」

真鍋は驚きの声をあげた。樋口は事件や事故からはほど遠い人物と認識されているようだ。

「そういうわけでは」

じゃあ、どういうわけなの？　と、真鍋の顔に書いてある。捜査中の事件の話を市民にするのは好ましくないが、どちらにせよ犯人の写真を見せて確認してもらわないわけにはいかない。

「実は、ある事件の犯人が樋口先生に会いたいと言っていまして。この顔に見覚えはありませんか？」

清水は立てこもり犯の写真を真鍋に見せた。正確には「会いたい」ではなく「連れて来い」なのだが、そこまで言うと、それはそれで樋口の身の安全のために話せないと言われかねない。

「さあ……。あるような、ないような……この帽子にこのマスクでは何とも……」

真鍋はふっくらした頬《ほお》に片手をあてて首をかしげる。

「樋口さんではなく、樋口先生に会いたいと言っているからには、おそらく学校関係者だと思うんですよ。教員、事務員、出入りの業者、大昔の卒業生、あるいは保護者でしょうか」

「そうですねぇ……せめてマスクをしていなければ、わかったかもしれないんですけど」

「そりゃそうですよね」

清水は苦笑いとともに写真をひっこめた。

「まあ、そんなわけで、まずは樋口先生を捜して、この男を知っているかどうか聞いてみないと、ってことなんですよ。退職された後の住所や勤務先をご存知ありませんか？」

「たしか田舎《いなか》に帰られたんですよ」

「田舎というと、香川ですか？」

「ええ。退職されてからもしばらくは、年賀状のやりとりをしていたんですけど、三年ほど前からは年賀状も来なくなって、音信不通になってしまいました」

真鍋は話しながら、アドレス帳のページをめくる。

「ありました。これです」

清水は真鍋が教えてくれた住所をメモした。

「樋口先生はどのような方でしたか？」

「文学を愛する穏《おだ》やかで優しい人だったと思います。若い頃に奥様を亡くされた後、再婚もなさらず、ずっと教育に専念しておられました。趣味は油絵だったかしら」

「八年前に退職された理由はご存知ですか？」

「田舎のお父さまが病気で倒れられて、実家に戻らねばならない、と、言っておられました」

「なるほど」

「あと……」

真鍋はきれいに口紅をぬった唇をきゅっとすぼめた。

「あと？」

「裁判で心労が重なっておられたのもあると思います」

「裁判？　何のですか？」

「樋口先生が退職なさる前の年に担任していたクラスの生徒が、自動車事故で亡くなったんですが、保護者が、子供は同級生たちのいじめを苦にしての自殺だ、って、いじめていた生徒たちとその親を相手どって、裁判をおこしたんです」

生徒の名前は三田村《みたむら》透《とおる》。信号が赤であるにもかかわらず、車道に飛びだして自動車と接触、即死だった。事故死といえば事故死だが、自殺ととれないこともない。

息子は慎重な性格で、いくら交通量の少ない夜間だったとはいえ、理由もなく赤信号の横断歩道を渡るような子ではなかった。同級生たちのいじめに悩んでいたことは、死後になって発見されたノートの走り書きからもあきらかで、息子は自殺に追い込まれたのだ、というのが父親の主張だった。

「樋口先生が訴《うった》えられたわけではありませんけど、何度も証人としてよばれて、相当おつらかったようです」

「その裁判の結果はどうなったんですか？」

「いじめがあったことは認定されましたが、透君の死はあくまで事故死の可能性が高く、いじめと死亡の因果関係ははっきりしないということで、保護者の敗訴で終わりました」

たしかに遺書でも見つからない限り、自殺と断定するのは難しいだろうな、と、清水も思う。

「樋口先生はいじめについては何と証言されたんですか？」

「いじめはなかった、と、証言しておられました」

「それはやはり、いじめがあったことを認めてしまうと自分の責任が問われるからですかね？　それとも、学校側にそう証言するよう指示されたとか？」

「それは私にはわかりません。本当に樋口先生は気づいていなかったのかもしれませんよ。最近のいじめは巧妙《こうみよう》ですから、教師の前ではなかなか尻尾《しっぽ》を出さないんです」

少し意地悪な清水の質問に、真鍋は淡々と反論する。

「ふーむ。しかし、親は不満だったでしょうね。もしかして、いじめがあったことを樋口先生が証言してくれたら裁判の結果は違ったかもしれない、と、恨んでいる可能性はありますよね？」

「でも、それを言うのなら警察だって一緒です。死因は事故死にほぼ間違いないって鑑定結果を出したのは警察なんですから」

「これはやぶへびでしたか」

清水はきれいに整えた顎鬚《あごひげ》をなでた。

「もう一度、写真を確認していただけませんか？　この男、亡くなった三田村透君の父親ではありませんか？」

立てこもり犯の年齢はおそらく五十代から六十代だと及川結花が言っていた。九年前に亡くなった生徒の父親ということもありうるはずだ。

「うーん、もう何年も前にお見かけしたっきりですけど、全体的な雰囲気も体型も全然違いますね。もっと大柄で、びしっとしたスーツを着たビジネスマンっぽい方でした」

「やせて、服の好みがかわったとしたら？　顔をよく見てください」

「目もとだけでは何とも……でも、こんなぎょろっとした大きな目ではなかったと思います」

どうもコンビニ立てこもり犯は三田村透の父親ではなさそうだ。だが真鍋の記憶違いという可能性も捨てきれない。

「お父さんの写真はありませんか？」

「保護者の写真はありません」

「それでは透君の写真はあるんですか？」

「……いいえ」

　真鍋は静かに頭を左右にふった。

「二年生で亡くなった子は卒業アルバムにはのらないんです」

「そうですか」

「それに、もう透君が亡くなって九年、裁判が終わってからも三年以上たつんですよ。この学校でも、校長をはじめ、透君のことを直接知らない教師がほとんどです。もちろんご両親が子供のことを忘れるはずはありませんが、でも、今さら樋口先生に会いたいなんて言ってきますかねぇ……」

　真鍋はしみじみと言った。

「なるほど。まあ、たしかに、よびだして恨みを晴らすとしたら、まずはいじめていた生徒たちですよね。私ならうちのかわいい娘がそんな目にあわされたら、いくら相手が中学生でも、ただじゃすませませんよ」

　清水の親ばかまるだしの強い口調に、真鍋はやわらかく微笑《ほほえ》んだのであった。

第三章　秦野《はたの》管理官の受難

一

十三時五十五分。

事件発生から二時間半近くが経過し、犯人もだいぶ疲れてきたようだ。包丁を持つ手を頻繁《ひんぱん》にかえるようになってきた。

柏木は疲れと寝不足と空腹でとっくにへばっており、逃げだす気力も体力もない。とはいえ、だから包丁をおろしても大丈夫ですよ、などと、犯人に言っても信じてもらえそうにないので、とりあえず黙っている。

あいかわらず黄色い規制テープのむこうは大変な人だかりだ。昼のニュースの時間はとっくに終わっているのだが、午後の情報番組に中継がひきつがれているらしい。どうやら、人質の解放や犯人の投降、あるいは警官隊の突入などの派手な動きがおこるのを期待しているようだ。

（柏木さーん）

結花が捜査本部からコンビニに戻ってきた。

（体調はどう？　怪我してない？　胃は大丈夫？）

柏木は無言で小さくうなずく。

結花は柏木のまわりをふわりと一周し、どこも怪我をしていないことを確認すると、ほう、と、安堵《あんど》の息をもらした。

（よかった、まだ犯人にだけは、柏木さんが刑事だってばれてないみたいね）

結花の言葉に柏木はぎょっとした。

犯人に、だけはばれていないとはどういうことだ？

大きく目を見開き、表情で結花を問い詰める。

（あー、どうも、日本全国の皆さんにはばれちゃったみたいなの）

何だと⁉

（テレビで、三谷さんの担当編集者さんが、人質は刑事だってしゃべっちゃったのよ……）

何てことだ……。

絶体絶命のピンチ、とはまさにこのことである。

ただの胃弱の都庁職員だと思っているからこそ、犯人は自分に気をゆるしているが、刑事だとばれたら、どんな目にあわされることか。

まずは都庁職員だとだましたな、と、激怒するだろう。殴《なぐ》る蹴《け》るの暴行は当然覚悟すべきだろうし、最悪の場合、殺されるかもしれない。

それとは別に、日本中に恥をさらしてしまったことへの衝撃も大きい。

警察官でありながら犯人を取り押さえることもできず、それどころか包丁をつきつけられ、縛《しば》られている姿をテレビ中継されているのだ。

秦野はもとより、日本中の警察官が情けない気持ちでいっぱいに違いない。

柏木はがっくりと肩をおとし、膝《ひざ》の上に頭をのせた。

(あ、でもでも、不幸中の幸いっていうか、柏木さんの名前はでてないから安心して。テレビでも顔はほとんどわからないし)

外に並ぶテレビカメラからなるべく顔をそむけるようにしてきたのは正解だったようだ。柏木は涙目で弱々しい笑みをうかべた。

「お兄さん、どうしたの？　大丈夫？」

柏木の放心したような笑顔に驚いて、包丁男が声をかけてきた。

「……胃が痛むだけです。お気遣いなく……」

「また痛くなっちゃったのか。困ったね」

納得したのか、あきれたのか、それ以上男は追及してこなかった。

（あの……柏木さん、本題はこれからなんだけど……大丈夫？）

そうだ、まだ生きて脱出したわけじゃない。後のことは、解放されてから考えよう。明日は明日の風が吹く。とにかく都合の悪いことは先送りするに限る。

……何かが間違っているような気もするが、気にしないことにしよう。

柏木は膝から顔をあげ、結花にむかって一回まばたきをした。

（清水さんにくっついて練馬第三中に行ってきたよ）

樋口先生が退職した経緯と、生徒の死をめぐる裁判のことを結花は丁寧に報告した。

（それで、清水さんは、この包丁男さんが亡くなった三田村透君のお父さんじゃないかって疑ってたみたいだけど、写真を見た保健室の先生は、体型も雰囲気も全然違うし、顔もこんな帽子にマスクをしてたんじゃわからないって答えてた）

ふむ、と、柏木は心の中でつぶやき、考えこんだ。

（この男を逮捕しちゃえば、身元もわかってすっきりするとは思うけど）

そうだな、と、柏木は一回まばたきをして賛同の意を表する。

（それにしても、香川にいる樋口先生を連れてくるのって、何時間もかかるよね。香川って空港あるのかな？　飛行機を使うにしても、羽田《はねだ》から練馬まできっと一時間はかかるし）

柏木は深いため息とともに、まばたきを一回した。

たしかに結花の言う通りだ。捜査員を香川に派遣《はけん》して事情を説明し、練馬まで来てもらうとなると、何時間もかかるだろう。

この男はそこまで計算した上で、樋口先生を連れてくるように要求したのだろうか。それとも、まだ都内で教師を続けていると思っているのだろうか。

柏木はもとより、この男だって何時間もコンビニに立てこもり続けるのは難しいはずだ。包丁をかまえる腕もいいかげんだるいだろうし、トイレや食事はどうするつもりなのだろう。

「あのー……」

柏木が遠慮がちに声をかけると、じろりと無言でにらまれた。

「樋口先生って、都内にお住まいなんでしょうか？」

「さあねぇ」

男は耳のうしろをぽりぽりとかきながら答える。

「もし先生がすごく遠くに引っ越していたら、ここまで来るのに、ものすごく時間がかかるんじゃないでしょうか？」

「うん、そうだね」

「時間がかかったら、お腹もすくし、トイレにも行きたくなりますよね……」

「食べ物ならその棚にいくらでもあるから、好きなものを食べていいよ」

「はあ……」

「トイレもそこにあるみたいだし」

犯人があごをしゃくった先には、「トイレをご使用のお客さまは店員に一声おかけください」という注意書きをはったドアがある。

「まあ外国ってことはないだろうから、ほどほどには到着するんじゃないかな」

男はのん気に構えている。柏木のおかげで迷いがふっきれたなどと言っていたが、もしかして、最初から長時間の籠城《ろうじょう》覚悟でコンビニを選んだのではないだろうか。だとしたら、周到に計画を練った犯行である可能性が高い。

もしもこの男が亡くなった生徒の父親だとしたら、なぜ、こんな真似《まね》をしてまで樋口先生に会おうとしているのだろう。

樋口先生が退職した後の住所がわからず、今までずっと捜していたが、見つけ出すことができなかった。そこで、人質をとって立てこもることにした、ということだろうか？

ひょっとして、樋口先生に復讐《ふくしゅう》するために……？

キリッと胃が痛む。

「う……」

柏木は両手首で胃の上を押さえた。

(柏木さん⁉)

「まだ痛いの？」

結花だけでなく、男も柏木の蒼《あお》い顔をのぞきこむ。

「はい……」

「大丈夫？　だめそう？　胃薬を持ってくるように警察に要求しようか？」

男はあいている方の手で、柏木の背中をさすりながら尋ねた。

今度は気持ち悪いくらい親切である。このころころかわる態度は一体何なんだろう。何か下心でもあるのかと疑ってしまう。

それに、胃薬なんて、そんな個人的なことに捜査員を使ったりしたら、後で秦野にどれほど嫌味を言われることか。

(柏木さん、薬を頼んだ方がいいよ。今、倒れたら最悪じゃない。病院にも行けないし、救急車もよべないし、第一、倒れたところがテレビにうつっちゃうんだよ⁉)

結花の言葉に、それもそうか、と、柏木は思い直した。

自分が刑事であると日本中に知られているにもかかわらず、これ以上の醜態《しゅうたい》をさらしたら、胃薬配達の三倍くらい秦野を怒らせそうである。

「胃薬、お願いします……」

「わかった」

男は柏木の携帯電話で、再び一一〇に発信した。

二

十四時。

「樋口行男の現住所が判明しました！　埼玉にいます！」

意外な報告を聞き、捜査本部にざわめきが広がった。

大学の同窓会名簿でも、清水の聞き込みでも、樋口の住所は香川になっていたのだ。

「埼玉？　香川じゃないのか？」

秦野が確認の質問をする。

「三年前に父親が亡くなった後、埼玉に引っ越したようです」

「実家にいる理由がなくなったということか」

「おそらく」

どういうわけか、友人知人や親戚には何の挨拶《あいさつ》もなく、ひっそりと香川から転居したらしい。何か事情があったのか、単に面倒くさかったのか。ただ、町役場にだけは転出届をだしていたため、現住所が判明したのである。おそらく就職か何かの都合で、住民票が必要だったのだろう。

「ふむ。埼玉なら香川よりはるかに近いし、好都合だ。至急、樋口先生を捜しだして身柄《みがら》の保護を。ん？　清水君はどうしたのかね？　さっき戻ってきただろう？」

樋口行男捜索係である清水の長身を求めて、秦野は室内を見回した。

「下の捜査資料室に行ってます」

町田が答える。

「練馬署《ここ》のか？」

「はい。例の交通事故で亡くなった生徒の捜査資料を探してるんじゃないでしょうか」

秦野は嫌な予感でもしたのか、眉をくもらせた。

「では町田君、君が埼玉に行ってくれたまえ」

「はい」

「管理官！　立てこもり犯から一一〇に再び入電です」

若い電話番の刑事が立ち上がって叫んだ。

「早いな。もうしびれをきらしたのか。樋口行男なら捜しているところだと伝えろ。いや、こっちにまわしてもらえ。私が交渉にあたる」

「それが、犯人は新たな要求をしてすぐに電話を切ったそうです。樋口の件ではなく、その……」

電話番の刑事は、困惑した様子で言いよどむ。

「何だね？」

「胃薬を持ってこいと言ったそうです」

「……胃薬？　何だそれは。いたずら電話じゃないのか？」

「胃薬が必要なのは柏木だ。今戻ってきた及川君によると、相当まいっているらしい」

秦野の疑問に答えたのは、三谷だった。三谷は、仕事があるから、と、練馬署を立ち去ろうとしたのだが、七尾がテレビカメラの前で柏木の正体を暴露《ばくろ》したことの巻《ま》き添《ぞ》えをくらい、署内に足止めされているのである。

（お願い！　早く胃薬を届けてあげて！）

三谷の隣では結花が必死に訴《うった》えているのだが、秦野には見えないし聞こえない。

「…………」

秦野はむっつりとだまったまま、腕組みをしている。

眉間《みけん》のしわは、「胃痛ぐらい我慢できないのか」という怒りを物語っているのか、それとも、霊能者を捜査本部から追いだしたくてもできないジレンマによるものなのか。

「管理官、どうしますか？」

古参の刑事がおうかがいをたてる。

「胃薬くらい、いくらでもくれてやれ！」

秦野はやけくそ気味に言い捨てた。

「それで、幽霊は何と言っているのかね？」

「犯人はまだ柏木が刑事だと気づいておらず、特に状況に変化はないと言っている」

「なるほど。まあそのくらいはテレビでもわかるがね。しかし柏木君も犯人に胃薬を要求させるとは、図々しいにもほどがあるな」

言外に「役立たず」と評された上、柏木の悪口まで言われ、結花は憤然《ふんぜん》として秦野の前にかけよった。

（柏木さんがどんなに大変な目にあってるか知りもしないくせに！　あなたなんかここで座ってるだけじゃないの！）

だがその声は秦野には届かない。

「どれだけ迷惑をかければ気がすむんだ。厄介《やっかい》の種としか言いようがない」

（何ですって⁉）

さらなる雑言にかっとして、結花は手をふりあげた。秦野の白い頬《ほお》をはたこうとするが、右の頬から左の頬へするりと通り抜けてしまう。

（くー！）

両手をグーにして秦野の頭や胸をぽかぽか殴ってみるが、もちろん結果は同じである。何の痛みや衝撃をあたえることもできない。

（あいつに物をぶつけてもいい⁉）

くるりとふり返り、三谷に尋ねた。

「ポルターガイストか？　いざという時に柏木を助けられなくてもいいのなら、好きにしなさい」

（三谷さんの意地悪ー‼）

今度は三谷にむかってこぶしをふり上げるが、ため息とともにおろす。

（柏木さんを助けたいのに、何をどうすればいいのか全然思いつかない……気持ちばかり焦《あせ》って……）

両目からはらりと涙がこぼれた。

（柏木さんはあたしが守る！っていうつもりで、いつも、あたしは柏木さんの守護天使だよって言ってきたのに、いざとなったら何もできない……すごく悔し……）

泣くまいと一所懸命こらえた頰がゆがむ。

「ああ、またか」

三谷はまいったな、という顔をした。

（だって……柏木さんがどんどん弱っていくの、見てられない……）

「あー、気持ちを静めたい時はあれだ。お経を唱《とな》えるといいぞ、うん。おれは子供の頃からそうしてきたもんだ」

三谷は大真面目である。

（えー、お経なんてじじむさーい）

「失敬《しっけい》だな、おれはまだ三十五だぞ」

結花は泣きながらくすりと笑う。

（ところで三谷さん、あいつが顔をひきつらせてるけど？）

他の刑事たちはだいぶ慣れてきたのか、三谷が一人で空中にむかって話しかけていても気にならないようだが、神経質な秦野だけは違うようだ。三谷をちらりと見ては、気持ち悪くて仕方がないという表情をする。

「放っておけ。いい気味だ」

（諒解《りょうかい》）

二人は同時ににやっと笑った。


その頃、階下の資料室では、清水が一人で三田村透に関する調書を読み返していた。

「九年前の六月二十三日だと……？　おい、これは偶然か……？」

静まりかえった室内に、清水がごくり、と、唾をのむ音が響《ひび》いた。

三

少しさかのぼって、十三時三十分。

警視庁のお宮の間では、室長と桜井がパソコンのディスプレイにくぎづけになっていた。

「あちゃー、ばれてしもたか」

「ばれちゃいましたねぇ」

桜井はひやしあめの瓶《びん》を片手に、室長は宇治《うじ》の玉露《ぎょくろ》をいれた湯呑みを両手に持って、深々とため息をついた。

「『週刊女性ライフ』の心霊特集号ですか……」

「犯人がテレビを見てへんとええんですけど、全国的に流れてしもたし、ばれるのも時間の問題ですよねぇ」

「何がばれちゃったの!?」

小走りにかけこんできたのは、伊集院《いじゅういん》馨《かおる》警部補だった。胸元にフリルがたくさんついた七十年代少女漫画風ブラウスに、青紫のフレアーパンツという乙女チックな格好をしているが、れっきとした男性である。

伊集院は犬と言葉をかわせるというかわった能力をもっており、犬を飼っている家での事件捜査には欠かせない存在となっている。

「おや、伊集院君。ペットショップ盗難事件の聞き込み捜査は終わったんですか？」

「犯人を目撃したのが仔犬ばかり三十匹だったので、証言がてんでんばらばらで大変でしたけど、桜井ちゃんからメールをもらった後、がんばって片づけてきました。それで、柏木ちゃんはどうなったんですか⁉」

「あいかわらず膠着《こうちゃく》状態みたいよ」

小気味よいヒールの音を響かせながら入ってきたのは、高島佳帆《たかしまかほ》警部だ。こちらはノースリーブの白いシャツブラウスに、グレーのタイトスカートである。

「どうして知ってるの？　あなたの携帯電話ってテレビを見られる型だった？」

「タクシーの中でラジオを聞いてたから。ずっと中継してたわけじゃないけど、番組の途中、時々ケンタの事件に関するレポートが入ってたわ」

高島は柏木のことをケンタと呼ぶ。もともとは以前飼っていた柴犬の名前なのだが、柏木と顔が似ていたのだという。

「んまっ、あなたどれだけ遠くからタクシーをとばして戻ってきたわけ⁉」

伊集院は両手で顔をはさんだ。手だけ見ればかわいらしい仕草なのだが、残念ながら、立派なあごにはくっきりと割れ目が入っている。

「一時間はかからなかったと思うけど」

高島は涼しい顔で、軽く肩をすくめた。

「まあ柏木ちゃんの一大事だし、仕方がないわね」

伊集院はうなずきながら、桜井がいれたハーブティーを受け取る。

「それで、さっきの話ですけど、一体何がばれたんですか？　柏木ちゃんに何か秘密でも？」

「もしかして、人質は刑事だという情報が入りました、っていう件ですか？」

「ラジオでも流れてしまいましたか」

渡部は沈痛な面持ちでうなずいた。

伊集院が、ひぃ、と、小声でうめく。

「……それって、まずくありません？」

「まずいでしょうね」

高島はさらっと言うと、自分の席についた。桜井がアールグレイのアイスティーをそっと高島の机の上に置く。

「人命優先のため、人質が刑事であることは事件解決までふせてほしいと要請《ようせい》して、その後この件に関しての報道はされていないようなのですが、いかんせん一度もれた情報はネットで爆発的に広がりますからね。警視庁には問い合わせの電話が殺到しているようですよ」

「あら。で、電話にはどう応対してるんですか？」

高島は渡部に尋ねながら、早速、パソコンの電源を入れた。

「現在確認中です、と、はぐらかしているようです」

「なるほど」

「ねぇ、何かあたしたちにできることはないのかしら？　ここで待ってるだけなんて耐えられないわ。せめて練馬の捜査本部に行ってみた方がよくない？」

ポーカーフェイスの高島とは対照的に、伊集院は心配でたまらないといった様子で、胸の前で両手をもみしぼっている。

「コンビニで犬を売ってるとは思えないけど」

「それはわかってるわ、でも……」

高島の指摘《してき》に、伊集院は肩をおとした。

「ま、出番がなさそうっていう点ではあたしも一緒だけどね」

高島の特殊能力は物の記憶を読むことである。盗品の持ち主捜索などに多大な貢献《こうけん》をしている高島だが、立てこもり犯の捜査には何の役にも立ちそうにない。

「管理官が秦野君ですから、たとえコンビニで犬を売っていても、協力要請があるかどうか疑問ですねぇ」

渡部のつぶやきに、気まずい沈黙が流れる。

各自お気に入りの飲み物を片手に、ディスプレイを見守ること十数分。

静寂を破《やぶ》ったのは、電話のよびだし音だった。

「おや、私ですね」

渡部は立ち上がると、窓際にある自分の席に戻る。

「お忙しいところをすみません。清水です」

「練馬の捜査本部に召集されたんじゃなかったんですか？」

「そうなんですけど、急ぎで桜井君に見てもらいたい写真があって。今から持って行っていいですか？」

「それは、立てこもり事件に関係ある人物の写真ということですか？」

三人の部下たちの視線が渡部に集中する。

「清水君が今から写真を持ってこっちに来たいそうですが、桜井君の都合はどうですか？」

「僕が練馬に行きます！」

桜井は勢いよく右手を挙げて立ち上がった。

四

十四時十五分。

練馬署の若い刑事が、ドラッグストアから戻ってきた。

「胃薬の用意ができました。即効性の高い、顆粒《かりゅう》状のものです。水もそえた方がいいでしょうか？」

緊張した表情で、捜査本部の最前列に陣取る秦野におうかがいをたてる。

「コンビニなんだし、水はいくらでも売っているだろう。用意ができたとむこうに伝える電話を……」

私がかける、と、言おうとして、秦野はやめた。清水の長身が目にとまったからだ。やっと資料室から戻ってきたらしい。ここは口八丁で定評のある男にまかせることにする。

「清水君、頼む」

「はい」

清水は受話器をとりあげると、スピーカー機能をオンにしてから柏木の携帯に電話をかけた。犯人が携帯電話を耳にあてるのを画面で確認する。

「何だ？」

スピーカーから流れる声に、全員が聞き耳をたてる。マスクのせいか、犯人の声は若干くぐもっている。

「こちらは警視庁の清水です。胃薬の用意ができましたが、今から持って行っていいですか？」

清水は犯人を刺激しないよう、ゆっくり丁寧に話す。

「ああ、頼む」

「薬をさし入れるために、店の入り口から捜査員を一名入らせることになりますが、いいですか？　もちろん薬を渡したらすぐに出ますから」

「うーん、それは……」

受け渡し方法まで考えていなかったのだろう。犯人は難色を示した。

「もしくは入り口の前に薬を置かせますので、そちらから取りに来ていただいてもかまいませんが」

「それはもっとだめだ。ちょっと待て」

犯人はしばらく考え込んだ。

「よし、店内まで捜査員に持ってこさせろ。ただし女性だ」

「え、女性ですか？」

清水は秦野の方をむいて、判断を求めた。

「女性か……」

秦野はさっと室内を見回すが、たまたま今いるのは老若男子ばかりである。

「わかったと伝えろ。練馬署の女性警官を一人出してもらおう」

秦野の指示に清水はうなずいた。

場合によっては人質交換という事態になるかもしれないが、どんな女性警官でも、柏木よりか弱い者はいないだろう。

「わかりました。今から女性に胃薬を持って行かせますから、もうしばらく待ってください。あと……」

今後はここに直接かけさせろ、と書いたメモを秦野が渡すと、清水はうなずいた。

「今から練馬署への直通番号を言いますので、今後はこちらにかけていただけますか？東京〇三の……」

清水が通話を終了すると、秦野は練馬署の刑事課長をよんだ。

「というわけで、女性の刑事を一人選んでもらいたいのだが。なるべく体術の得意な者がいい」

「それでは生活安全係の……」

刑事課長が人選をしようとした時、後方のドアが勢いよくあいた。

「待ってください」

「あたしが行きます！」

声も高らかに入室してきた二人を見て、秦野は目をむいた。天敵の巣窟《そうくつ》である特殊捜査室の高島佳帆と伊集院馨ではないか。一体なぜこの二人が練馬署にいるのだ。いや、理由はわかっている。後輩の柏木が心配で押しかけてきたに違いない。

「柏木ちゃんが無事な姿を確認したいんです！　あたしに行かせてください」

「あなたどう見ても女性じゃないわ」

「高島だってミニスカポリスには見えないわよ。そもそものタイトスカートで、いざっていう時犯人と戦えるの？」

「そんなのちょっと予備の制服を借りればすむことだわ。あなたには無理でしょうけど」

「そんなの試してみないとわからないじゃない」

二人のやりとりに、秦野はげんなりした。これが仮にも警部と警部補の会話だろうか。

捜査の邪魔にあらわれたとしか思えない。

おのれ柏木、それもこれも全てあの幽霊係のせいである。

「あの、女性刑事はどうしましょう？」

刑事課長が困り顔でおうかがいをたててきた。

二人を関わらせたくないのはやまやまだったが、なぜ自分たちに薬を持たせてくれないのだ、と、えんえんこの調子で騒《さわ》がれるのも困る。

「……では高島君、制服を借りて行きたまえ……」

秦野は額《ひたい》を右手で押さえながら答えた。

事件現場はテレビで生中継されているのだ。フリフリの服が大好きなあご割れ男を行かせるわけにはいかない。そもそも犯人が店内に入れてくれないだろう。その点、高島は世間一般のイメージからすると貫禄《かんろく》がありすぎるが、一応女性刑事には違いない。

「サイズのあう制服があるかな？　高島さんを下までご案内して」

刑事課長に命じられて若い刑事が高島を案内するのを、悔《くや》しそうに伊集院が見送る。

「僕もカッシー先輩にひやしあめの差し入れに行きたいなぁ……」

高島といれかわりにひょこひょこ入ってきたのは、同じく特殊捜査室の桜井だった。その後ろには室長の渡部までいるではないか。

「その前に、写真の透視を頼むよ」

桜井に笑顔で話しかけたのは清水である。

こいつらをよんだのは、清水、おまえか！　しかも私に無断で、勝手に写真透視を頼んだだと⁉

秦野は心の中で叫ぶ。

一体何の写真を透視させる気だ。樋口の居場所ならもう判明している。ということは、例の、事故で死んだ中学生がらみか？

「あ、忘れてた。シミー先輩の写真を透視するっていう大義名分で、ここに来たんでしたね」

シミー先輩というのは清水のことらしい。清水だからシミーとは、センスが悪いにもほどがある。

「おいおい、忘れないでくれよ」

秦野は無言で清水をにらみつけるが、清水の方は気にもとめていない様子である。

秦野の殺気に気がついたのか、渡部が歩みよってきた。

「このたびは、うちの柏木君がご迷惑をかけて申し訳ありません」

さすがに、にこにこはしていないが、おろおろもしていない。むしろ平然としているように見える。

「まったくです。犯人に胃薬を要求させる刑事なんて、聞いたことがありません」

「まさに汗顔《かんがん》のいたりです」

渡部はしれっと謝る。

「で、写真透視ですか?」

「ええ。桜井君がお役に立てそうだと聞いて、とんできました」

「それは心強い。彼が来てくれれば百人力ですね」

「恐縮です」

もちろん思いっきり嫌味をこめて言ってみたのだが、軽くうけ流されてしまった。

「ここは人が多くて透視むきじゃありませんから、他の部屋を借ります」

清水の言葉に、秦野は鷹揚《おうよう》にうなずく。

「そうしたまえ」

清水とお宮の間の面々が捜査本部から出て行くと、秦野は両手で額を押さえ、親指でこめかみをもんだ。

見なかったことにしよう。あんな連中はここにいない。忘れてしまうんだ……。

清水が桜井たちを案内したのは、灰色の机と椅子しかない狭い小部屋だった。実は結花もずっと清水について歩いているのだが、誰も気づいていない。

「ここって、取調室やないですか！」

滅多に来る機会のない所轄の取調室に入れて、桜井は嬉しそうである。

「狭すぎるかな？」

「それどころか最高の場所ですよ。この狭さがなんや落ち着きます」

桜井は天井の蛍光灯を消すと、いそいそと取り調べの席につき、持参した蠟燭《ろうそく》に火をつけた。

「準備オッケーです。写真をください」

「これなんだが……」

清水は写真を二枚取り出した。一枚は少年の写真で、もう一枚は家族写真だ。

「う？　この男の子、死んでますね。もうお墓の中かな？」

桜井は一目見ただけで、あっさりと、ひどいことを言う。

「さすがだな」

「それほどでも」

桜井は鼻高々である。

「死因もわかるか？　他殺か自殺か事故か程度でいいんだが」

「うーん……運気はだいぶさがってますけど……」

桜井は目を閉じ、てのひらを写真の五センチほど上にかざすと、ゆっくりと動かした。

「ビミョウですねぇ……最低の運気っていうほどでもないし、殺されたっていうことはないと思います。でも、事故か自殺か病死かまではわからへんですね。そこはカッシー先輩でないと」

「柏木か……」

「残念ですが、柏木君はどうにも今は無理ですねぇ」

渡部の言葉に、清水は苦笑いをうかべた。表情に悔しさがにじむ。

「こっちの写真はどうだ？」

清水はもう一枚を指さした。中央にうつっているのは、さきほどと同じ、亡くなった少年である。少年の両側にはふくよかな体型の中年の男女が立っている。

「この、右側にうつっている父親の方を見てもらえるかな？　今どこで何をしているか、現状を知りたいんだ」

「行方不明者ですか？」

「みたいなものかな。九年前におこった事件の捜査資料にのっていた住所からは引っ越したらしくて、連絡がとれないんだ。で、今この瞬間、どこで何をしているのかを見てもらえると助かる」

「はあ、なるほど」

桜井は父親の上に手をかざそうとして、首をかしげた。

「あれ？　この人……」

写真の男を確認する。

「全然違うのに、どういうことやろう？」

桜井は困惑した表情で、もう一度、父親の上にてのひらをかざした。目を閉じて、透視に集中する。

「やっぱりや……。どういうわけか、カッシー先輩と一緒にコンビニにいる包丁男が見えるんですけど」

桜井の透視結果に、清水は息をのんだ。

「つまり、この男がコンビニの立てこもり犯であるということではありませんか？」

渡部の言葉に、桜井は、ああ、と、驚きながらもうなずく。

「そうか！　このおっさん、きっと整形したんや！」

「んまー、本当に⁉」

伊集院は割れたあごを両手ではさみ、かわいらしいびっくりのポーズをとる。

「過激なダイエットや病気で急にやせた場合、顔の印象がかわってしまうこともありますからね。特に目や口もとは体型や老化の影響を受けますし」

同一人物の可能性は十分ある、という渡部の判断に、清水も大きくうなずいた。

清水が桜井を連れて捜査本部に戻ると、秦野はあからさまに顔をしかめた。

「立てこもり犯の身元が判明しました。三田村透の父親、三田村靖《やすし》です」

「その根拠は？　まさかとは思うが……」

「僕が写真を透視しました。すっかり体型かわってもうてますけど、間違いないです」

刑事たちの間でどよめきがおこった。

「お宮の間の桜井か」「かなりどころか全然体型違うぞ」「だが桜井の透視ははずれたことがないからな」などのささやきが室内のあちこちから聞こえてくる。

秦野は腕組みをし、眉間にしわをよせて、古い家族写真とホワイトボードの拡大画像を見比べた。

「いくら何年も前の写真とはいえ、変わりすぎだろう。骨格か、さもなければ耳の形で確認しないことには信用できない。だがそれには帽子とマスクが邪魔だ」

「僕の透視は九十九パーセント確実ですよ⁉」

「つまり百ではないのだろう？　私は捜査には万全を期したいと言っているんだ」

秦野は冷ややかな眼差《まなざ》しを桜井にむける。

「百……ではないですけど……」

しょんぼりする桜井を、まあまあ、と、渡部がなぐさめた。

「そもそも三田村靖と連絡をとってみたのかね？　今ごろ、どこぞでテレビを見たりしていたら大笑いだぞ」

「それはもちろん。捜査資料に記載されていた電話番号にかけてみたところ、三田村は離婚して転居、当時の住居には妻が一人で暮らしていました。離婚した妻から現在の連絡先を教えてもらったのですが、固定電話、携帯電話ともに留守録で誰もでません。勤務先にも問い合わせてみましたが、病気を理由に先月退職していました」

秦野の問いに答えたのは清水だ。

コンビニに立てこもり中の男とは同一人物ではないかもしれないが、とにかく三田村靖は現在連絡がとれない状態にある。

「子供のいじめ、疑惑の死、裁判は敗訴、離婚、病気、そして退職か……」

秦野は人さし指でこつ、こつ、と机をたたいた。これまで地道な人生をおくってきた男がやけをおこして犯罪に走るには十分な状況である。

「だが単に携帯の電波が届かないところにいるという可能性だってあるだろう？」

「あと一つ、透君が亡くなったのが九年前の六月二十三日、つまり、今日です」

清水の報告に、広い大会議室は静まり返った。

「息子の命日に復讐をくわだてていると言いたいのかね？」

「その可能性はあります。もし犯人が三田村だとしたら、要求通り樋口と面会させるのは危険です」

「そんなことはわかっている」

秦野は吐き捨てるように言う。

「離婚した妻はテレビの立てこもり犯は夫だと言ったのか？」

「似ているような気もするが、あのマスクと帽子では確信がもてないそうです」

秦野が険《けわ》しい顔をしてホワイトボードをにらんでいると、すっと渡部が歩みより、隣に立った。九年前の写真をじっと見る。

「清水君、この三田村さんの鼻の真下にあるほくろは珍しいですね。マスクをとらせることができれば、ほくろの有無が確認できるのではありませんか？」

渡部はふり返り、清水に言った。

「たしかに鼻の脇ならともかく、鼻の真下のほくろというのはちょっと珍しいですね。なんとかマスクをとらせるよう、柏木に頼んでみますか」

渡部の指摘に、清水も同意する。

「ところで三谷を誰か見ませんでしたか？」

「仕事に戻らせろとうるさいので、例の女性編集者と一緒に会議室に行かせている」

秦野がうんざりした様子で答えた。要するに、目障《めざわ》りなので別室に追い払ったのだ。

清水が会議室のドアをあけると、三谷はせっせと携帯電話に文章を打ちこんでいた。

七尾も携帯電話を操作しているが、こちらはゲームに夢中のようだ。

「何だ、清水、戻っていたのか」

清水が声をかけると、三谷は面倒くさそうに顔をあげる。

「及川結花さんはいるか？　頼みがあるんだが」

「ああ、いるぞ」

（いまーす）

三谷はななめ上にむかってあごをしゃくった。結花は右手をまっすぐにあげてアピールするが、もちろん清水には見えない。

「というわけで、清水から話があるそうだ」

（皆さんの話は聞いてたから大丈夫です。コンビニまで行ってきます！）

「そうか、頼んだぞ」

（はい！）

結花は下手くそな敬礼をすると、壁をすり抜けて翔びだしていった。

五

十四時四十分。

（柏木さん、大丈夫⁉）

結花は必ず同じ台詞《せりふ》とともにコンビニに戻ってくる。

柏木は結花の方をむくと、大丈夫だ、という意味をこめて、一回まばたきをした。胃は痛いし、空腹だし、ずっと首に包丁をつきつけられている緊張感からか、おそろしく肩がこっているのだが、自分よりうんと年下の女の子に心配顔で、大丈夫⁉　ときかれて、だめだと答えられる男はいない。

（ええと、桜井さんの透視で、この男の身元がわかったの。名前は三田村靖。樋口先生の

生徒が亡くなって裁判になったって話はさっきしたよね？　その生徒のお父さん)

柏木は、なるほど、と、また一回まばたきをした。

(でも秦野さんが、桜井さんの透視は百パーセントじゃないから信用できないって言うの。それで、三田村靖だったら鼻と唇の中間にほくろがあるはずだから、マスクをはずさせて、確認してほしいって清水さんが。たぶんもうそろそろ、助っ人も来るはずだから)

助っ人？

柏木が首をかしげた時、ドア周辺で人の動きがあった。ガラスごしであるにもかかわらず、規制テープのむこうで激しくシャッターがきられているのが聞こえる。

「何だか騒がしいですね」

柏木が言うと、包丁男はうなずいた。

「差し入れだな。やっと胃薬を持ってきたんだろう」

「あっ、そうですね！」

胃薬という言葉に、柏木は目を輝かせた。

「立てるか？」

「はい」

男は柏木に包丁をつきつけたまま、立ち上がった。

柏木の携帯電話で、清水に教えられた捜査本部への直通番号に連絡をとる。

「薬を持った女性捜査員以外の人間を全員、遠くまで離れさせろ。そうだな、店の入り口から最低十メートルだ」

男の要求通り、入り口周辺をかためていた警察官たちが後退する。

「よし。店に一歩入ったところで薬を置け。あやしい動きをしたら人質の生命《いのち》はないぞ」

男の脅迫に柏木は困惑した。

あきらかに危険にさらされているのは柏木の生命なのだが、男が危険をおかしてまで胃薬を手に入れようとしてくれているのもまた、柏木のためなのである。まったく支離滅裂《しりめつれつ》だ。

「ゆっくり店に入れ」

柏木に包丁をつきつけたまま男は指示を出した。

数秒後、自動ドアがあき、紺の制服に黒いパンプスの女性が店内に足をふみいれた。

百七十センチはありそうな長身。きっちりと結い上げた栗色の髪。まっすぐに伸びた背筋。やたらに整った顔立ち。

白手袋をはめた手でお盆を持っており、その上には胃薬と花柄のティーポット、そしてポットと同じ柄のティーカップが二つ並べられている。

柏木は大きく目をみはった。驚きの声をあげそうになり、慌てて歯をくいしばる。

職場の先輩、高島佳帆である。

結花が言っていた助っ人とは、高島のことだったのか。

包丁男も、予想と違った女性捜査員の登場に戸惑《とまど》い気味だ。

捜査員というよりは、女性署長の役を演じている女優の風格がある。決して紺の制服が似合っていないわけではない。堂々としすぎているのだ。

しかし一体なぜ高島佳帆が差し入れ係などしているのだろう。高島の特殊能力は物に焼きついた過去を読むことである。コンビニ強盗、転じて、立てこもり事件にはあまり適していない気もするのだが。

「警視庁の高島です。胃薬を持ってきました」

すがすがしいくらいの作り笑顔である。くれぐれも犯人を刺激しないように、とでも言い含められてきたのだろうか。

「あ、えー、そこに置いてくれ」

「わかりました」

犯人に言われた通り、高島はその場にしゃがみ、お盆を床の上におろした。

「この箱が胃薬です」

「見ればわかる。そっちのポットは水か？」

「胃に優しいペパーミントのハーブティーです。よろしければお試しください」

高島が二つのカップにお茶をそそぐと、あたりにすっきりした香りがただよう。伊集院

が柏木のために何度かいれてくれたことのある、特製ハーブティーの香りだ。

犯人はけげんそうな顔をしているが、不覚にも柏木は目頭が熱くなってしまった。この匂い。高島だけではない。伊集院もこの近くにいる。おそらくは柏木のことを心配するあまり、自分が担当している捜査をあとまわしにして来てくれたのだろう。

「いただきます」

子供のように両手でカップを持ち、一口飲むと、身体中にぬくもりがひろがる。

「あなたもいかがですか？」

「いや、いい」

おそらく高島としては、犯人の指紋《しもん》をとりたくてすすめたのだろう。しかし男は即座に断った。警察が持ってきた物である。睡眠導入剤でも混入されているのではないかと警戒しているようだ。

「水や食糧《しょくりょう》などは、店内の商品をご利用いただいてかまいません。電子レンジや湯沸《ゆわ》かしポットも適宜《てきぎ》ご使用ください」

「随分《ずいぶん》親切なんだな」

「人命第一ということで、店長さんが協力を快諾してくださいました」

包丁男の嫌味に、高島はますますわざとらしい笑顔で答えた。

だが顔は笑っていても、目がまったく笑っていない。男の隙《すき》を虎視眈々《こしたんたん》と狙《ねら》っているのだろう。

柏木は高島のクールなポーカーフェイスを見慣れているだけに、ものすごい違和感を覚える。怖いくらいだ。なんだか腕に鳥肌がたっている気もするが、両手首を縛られているので、さすることもできない。

「他に何か必要な物がありましたら、遠慮なくおっしゃってください」

「ない。それより、一体、何時間待たせる気なんだ。樋口先生はどうした⁉」

「樋口先生は現在、埼玉にお住まいとの情報がありましたので、鋭意捜索中です」

「……やっぱり先生はこっちに戻って来ていたのか……」

男はすっと目を細めた。もしかしたら、樋口先生が香川から戻って来ているという確信があったため、柏木に「もし先生がすごく遠くに引っ越していたら」と言われても落ち着いていたのだろうか。

「樋口先生が見つかり次第ご連絡しますので、携帯電話の電源は入れたままにしておいていただければ幸いです。充電用の電池も商品棚にありますので」

「わかった。もう行っていいぞ」

「それでは」

高島はほんの一瞬だけ悔しそうな目をしたが、軽く会釈《えしゃく》をすると、踵《きびす》を返して店外へ出て行った。

「あの……胃薬を飲む水を取りに行っていいですか？　ハーブティーで薬を飲むと、すごい味になりそうなので」

「ああ。先に歩け」

包丁の刃先を背中に感じながら、柏木は店の奥にある飲料の棚にむかった。もちろん結花も一緒である。

「ええと……これでいいですか？」

柏木は棚に並べられたペットボトルの中で、一番安いミネラルウォーターを指さした。

「もっと高いのでもいいんじゃない？」

急にフレンドリーな口調が復活した。今にはじまったことではないが、どうも薄気味悪い。

「いえ、どうせ炭酸入りの水なんかは胃がうけつけませんし、薬を飲むだけですから。それにしても、代金は警察が払ってくれるんでしょうか？　後で請求書がまわってきたりしませんかね？」

「店が加入している損害保険でもカバーさせる気なんじゃないの？　お兄さんが心配することはないよ」

「ああ、なるほど。じゃあ、あの、食事もいいですか？　実は私は今日、まだ何も食べていなくて」

本当は疲労と緊張で何も喉《のど》を通りそうにないのだが、さりげなく食事の方向に話をもっていくためには、自分が食べるしかない。

「いいよ」

「すみません。じゃあ、うどんにします」

柏木はカップうどんを選ぶと、カウンターに戻った。不自由な両手でなんとかふたをはがし、カウンターの隅《すみ》に置かれたポットのお湯を注ぐ。

関西風の少し甘いうどんつゆのにおいがたちのぼると、包丁男の腹がきゅるっ、と小さく鳴った。好都合なことに、どうやら男も空腹らしい。

柏木がふりむくと、男はばつが悪そうに視線をそらした。

「あの……これ、食べますか？」

「いや、いい。気にせず食べて」

「そうですか？　でも、一人だけ食べるのも気が引けるので、もう一個つくりますよ」

「こっちがうどんをすすってる隙にお兄さんが逃げ出すつもり？」

「私にそんな元気があればよかったんですけど、残念ながら無理です」

油断させるための嘘と言いたいところだが、まったくの本音である。

「まあそうだよね」

男はあっさりうなずいた。

「でも、包丁を置いた途端、警察がなだれこんでくるかもしれないから、やっぱりだめだね」

「ガラスごしに見えてしまいますかねぇ」

店のまわりを大勢の警察官が包囲しているのが見える。こちらから見えるということは、あちらからも見えるということだ。

「あ、じゃあ、パンとかおにぎりとか、片手で食べられるものにしたらどうですか?」

「ふむ」

男は柏木の提案を受け入れ、おにぎりをいくつか選んだ。

おにぎりを食べるために、マスクをあごにずらす。

ほくろだ。

鼻と唇の間に、大きなほくろがある。

間違いない。この包丁を持った立てこもり男は、三田村靖だ。

(やったね、柏木さん!)

結花も興奮した様子で叫ぶ。

(すぐに清水さんに知らせてくるね!)

言い終わらぬうちに、半透明な身体を浮かせて、壁をすり抜けていった。

あいかわらず桜井の透視はたいしたものだな、と、舌をまく。

「どうした？　食べないのか？」

「食べます。食べてます」

柏木は割り箸《ばし》を握《にぎ》ると、たどたどしい様子でうどんを口にはこびはじめた。空腹のせいもあるが、やたらに美味しい。

しかし、三田村靖は一体どういうつもりで、樋口先生を連れてくるよう要求したのだろう。

警察が、そしてマスコミを通じて日本中が見守る中、樋口先生がいじめ自殺を否定する証言をしたことを、糾弾するつもりなのだろうか。

だとしても、なぜ、息子が死んでから九年もたった「今」なのだろうか。

まさかとは思うが、この包丁で、樋口先生を殺してしまう決意なのだろうか。

ころころと態度がかわるこの男の考えていることはよくわからない。

おにぎりを頬張る三田村の横顔を見ながら、柏木は考えこんだ。

第四章　幽霊係がいない時に限って

一

十五時十分。

（鼻の真下のほくろ確認しました！　それに、やせたり老けたりで顔の輪郭《りんかく》はすっかり変わっちゃってましたけど、昔の写真と鼻の形が一緒でした！）

「と、幽霊が言っている」

大急ぎでコンビニから戻った結花の報告に、捜査本部は大騒ぎになった。「幽霊ってけっこうすごいな」という刑事たちの驚きの声に、通訳の三谷も満足げである。

「念のため三田村の別れた妻に声を確認させろ」

秦野だけが、幽霊の言うことがあてになるか、と、かたくななまでに懐疑《かいぎ》的な態度をとり続けている。

「やっぱり三田村靖だったか……」

清水はふーっと煙《けむり》を吐きだす。

「シミー先輩のカン、大当たりですね！」

桜井が拍手でたたえるが、清水は、うん、と、軽くうなずいただけだった。

「うかない顔だな」

三谷が言うと、清水は煙草《たばこ》を指にはさんだ左手を軽く握《にぎ》り、眉間《みけん》にあてる。

「三田村靖が樋口行男への復讐《ふくしゅう》を目論《もくろ》んでいる危険がある以上、警察としては二人を会わせるわけにはいかないだろう」

「ちょっと待ってください、カッシー先輩はどうなるんですか？」

（そうよ！）

「わからん。犯人次第だ」

（なんですってー⁉）

「三田村靖と樋口先生はどういう関係なのですか？　さしつかえなければ、ご説明いただきたいのですが」

渡部室長に尋ねられ、清水は三田村透の死亡に関する疑惑を説明した。

「九年前の六月二十三日、当時中学二年生だった三田村透君が自動車と接触して亡くなったことが発端でした」

深夜十一時。少年が赤信号を無視して道路にとびだしてきた。ドライバーは急ブレーキを踏んだが間に合わず、少年をはねてしまう。五分後に救急車が到着した時には、既に心肺停止の状態だった。死因は脳挫傷《のうざしょう》と内臓破裂。

「ここの捜査資料室に事故現場の写真が保管されていました」

清水は大きく破損した車体やおびただしい出血の写真を見せた。

桜井は、うわっ、と、顔をしかめる。

「間違いなく赤信号だったんですか？」

渡部の問いに、清水はうなずく。

「通行人の目撃証言もありますし、その点に関しては疑う余地はありません。そこで、父親の三田村靖が、息子はとびこみ自殺をしたに違いないと考えたわけです」

「赤信号を無視して自動車事故にあう人など、別に珍しくないと思いますが」

「息子は慎重な性格で、信号が赤の時に道路を渡るようなことは絶対しなかったというのが父親の主張です」

死後、同級生たちによるいじめに悩む心境をつづったノートが発見されたことにより、父親は息子がいじめを苦にして自殺をはかったのだ、と、確信するにいたったのだという。

「息子は絶対に自殺だから捜査してくれ、と、三田村靖に相談され、練馬署は透君をいじめていた同級生たちから事情聴取を行っています。しかし刑事事件としての立件は困難との判断から、逮捕にはいたっていません」

「調書は読みましたか？」

渡部が尋ねると、清水はいつになく渋《しぶ》い表情で肩をすくめた。

「ざっと目を通してみましたが、なかなか食えない連中ですよ。殴《なぐ》り合いのけんかくらいはしたことあるけど、でもそれは男子中学生としてはよくあることだし、そもそも自分たちは仲良しだと思っていた、いじめられていたと思っていたとしたら、それは透の勘違いだ、と、供述しています」

「なるほど」

「そう言われると、そうなのかもって思っちゃうけど、どうなのかしらねぇ」

「弁護士が入れ知恵して言わせたに決まってるじゃない」

伊集院の迷いを、高島が一蹴《いっしゅう》する。

「しかし立件を見送られたことに納得がいかなかった三田村靖は、いじめていた同級生たち四人とその親を相手どって民事訴訟をおこしました。息子を自殺に追いやられたことに対する慰謝料を一千万円請求しています」

「一千万円って、相場より随分《ずいぶん》安いんじゃないのかしら？　一億くらい請求してもよさそうなものだけど」

「まったくだな」

高島の疑問に、三谷が大きくうなずいた。

「お金目当てで裁判をおこしたって思われるのが嫌だったんでしょう。たとえ一千万が百万でも、陰口《かげ》を言う人は言いますけどね」

渡部の説明に、ふーむ、と、三谷は不満そうにうなる。

「さて、そこで、その裁判の証人としてよばれたのがクラス担任だった樋口行男です。さすがに裁判の記録を読む時間まではなかったんですが、真鍋先生によると、樋口は一貫していじめはなかったと証言したそうです」

「で、判決はどうだったんだ？　一千万は支払われたのか？」

三谷らしいストレートな質問である。

「いや。いじめがあったことは認められたものの、そもそも自殺であると断定できない以上、いじめと死亡の因果関係が証明できず、四人に慰謝料を支払う義務はないという結論だった」

「うーん、なんだか中途半端な判決だけど、ただの自動車事故じゃなくて、覚悟のとびこみ自殺だったって証明するのは難しいから仕方ないのかしら」

「そもそも本当にただの事故だったたって可能性もあるわけでしょう？」

伊集院の感想に、高島がツッコミをいれる。

「カッシー先輩がいたら、はっきりしたかもしれませんけど」

「そうね。こういう場合、本人から聞くのが一番確実だし。でも、ケンタ以外に幽霊と話ができる人なんてそうそうは……」

高島は途中まで言いかけて止めた。

「あ」

「いるやないですか」

「いましたね」

特殊捜査室の面々が、同時にうなずいた。

「そうか！　三谷！」

一瞬遅れて、清水もうなずく。

「ん、三谷、どこだ？」

さっきまで会話に加わっていたはずの三谷の姿がない。清水が室内を見回すと、後方のドアからこっそり抜けだそうとしているところだった。

「どこへ行くんだ？」

廊下をすたすた歩く三谷を追いかけながら尋ねる。

「下の会議室で七尾君と打ち合わせの続きをしようと思ってな」

「それより三田村透から話を聞いてきてくれよ」

「おれに幽霊の事情聴取をしろっていうのか？」

「できるだろう？」

「おれは民間人だぞ。そんなややこしいことに関わるのはごめんだ」

三谷はうんざりした顔で鼻にしわを寄せながら答えた。

歩くスピードはおとさない。

「他に幽霊と話せる人間なんてそうそういないし、おまえしかいないんだよ」

「あたしたちがついて行くから大丈夫よ」

伊集院たちも三谷の後ろをぞろぞろついてくる。

「七尾君、いるか？」

三谷がドアをあけると、七尾はうっとりした表情で、ゲームにうつつをぬかしているところだった。どうやら二次元の男と恋愛中らしい。

「あ、三谷さん、お疲れさまです」

「待たせたな。打ち合わせの続きを……」

清水が強引に会話に割りこむ。

「編集さんも事件現場での三谷の活躍ぶりを取材したいよね？」

「え、どういうことですか？」

七尾はいぶかしげな表情で尋ねた。

「交通事故で亡くなったとされている少年が、実は自殺だったかもしれないという疑惑があって、ぜひ幽霊から直接、真相を聞きだしてもらいたいんだ。つまり、霊能者三谷啓徳ならではの捜査協力だよ」

清水の説明に七尾の目がきらりと光る。

「おい、清水……」

「いいじゃないですか。三谷啓徳、不慮《ふりょ》の死をとげた少年霊の訴《うった》えを聞く！　彼の死にひめられた謎とは⁉　心霊特集号にぴったりですよ。女性読者たちのハートをわしづかみにすること間違いなしです。ぜひやってください。不肖《ふしょう》七尾、渾身《こんしん》のレポート記事を書かせていただきます！」

「むう……」

退路を断たれ、三谷は腕組みをしてうめいた。

その頃捜査本部には、秦野が待ちかねた報告がようやくもたらされていた。

「樋口行男が見つかりました！　今、朝霞《あさか》の工事現場で働いています！」

町田からの連絡に、秦野はおもむろにうなずく。

「三田村に会わせるかどうかはともかく、重要参考人として署まで任意同行を求めろ。いろいろ聞きたいこともある」

「それが、今は仕事中だから、現場を離れるわけにはいかないと言っています」

電話口から、若い町田の情けない声がする。

「何だと⁉」

「人質の命がかかっているのだと説明したのですが、それは大変ですねと言うばかりで、全然応じてくれません……」

秦野は、バン、と、両手で机をたたき、立ち上がった。

「どこの建設会社だ⁉　社長に電話しろ！」

秦野の頭上でとぐろをまいていた暗雲から、雷鳴がとどろいた瞬間だった。

二

十五時二十八分。

三田村透が死んだのは、環状《かんじょう》七号線、通称、環七《かんなな》とよばれる幹線《かんせん》道路だった。交通量はかなり多い。

もう九年もたつが、命日ということもあってか、電信柱のかたわらにゆりの花束がそえられていた。三田村靖が犯行前にここに来たのだろうか。それとも母親か。

それにしても、事故現場である横断歩道に陣取った一行は、かなりうさんくさい団体だった。

修験者《しゆげんじや》風の和服を着た霊能者。その霊能者を携帯電話でムービー撮影している女性週刊誌の編集者。フリルがついたブラウスに青紫のフレアーパンツの刑事。衣装を着た女優にしか見えない女性警察官。流暢な関西弁をあやつる欧米人。細身のスーツに顎鬚《あごひげ》の、やたらに背が高い伊達男。ただ一人普通の外見である渡部が、かえって違和感を覚えさせるくらいである。

「いないな」

三谷がきっぱりと宣言すると、全員の顔に落胆《らくたん》の色がうかんだ。

（いませんね……）

結花は三谷に同意しながらも、あきらめきれず、周辺をうろうろと捜しまわっている。

「柏木が、昼間は明るくて幽霊を見つけにくいって言っていたんだが、暗くなれば見つかる可能性はあるのか？」

清水の質問に、三谷は、ふん、と鼻を鳴らした。

「私を誰だと思ってるんだ。ろくに修行もつんでいない素人と一緒にするな」

「そいつは失敬。亡くなった場所にいないとなると、あとは家か？」

清水が尋ねると、三谷は首を横にふった。

「それはどうかな。もちろん自宅に戻っていたり、及川君のようにふらふらしている可能性もないわけではないが、一番確率が高いのは、成仏《じようぶつ》だろう」

「九年もたってるし、仕方がないか」

清水は悔《くや》しそうに舌打ちすると、捜査本部に連絡をいれた。

「事故現場に三田村透君の幽霊はいませんでした。成仏してしまった可能性が高いとのことです」

「そんなことだろうと思っていたよ。もともと霊能者や幽霊を頼りにする方がどうかしている」

秦野の反応は予想通りである。

「君もさっさと埼玉に行って、樋口を説得してきたまえ」

「樋口先生はまだ仕事をしてるんですか?」

「その通りだ。こっちは人命がかかっているというのに、非協力的にもほどがある」

「わかりました。至急むかいます」

清水は通話を終えると、お宮の間の刑事たちの方をむいた。

「というわけで、埼玉に行ってきます。樋口先生から何か聞きだせたら連絡しますので、みなさんは練馬署に戻ってください」

「待っているのは性に合わないんだけど」

「あたしも」

「僕もです」

高島、伊集院、桜井の三人が、一斉に不満を表明する。

「しかし皆さんに埼玉まで一緒に来てもらっても、特殊能力を発揮していただく機会はなさそうですから」

「じゃあたまには普通の捜査をしてみようかしら。あたしは元同級生のいじめっ子たちにあたってみるわ。当時の資料は練馬署にあるんでしょ？」

もちろん、たまには物ではなく人間相手の捜査を、という意味なのだが、制服スタイルの高島が言うと、現場を懐かしんでいる女署長の言葉にしか聞こえない。

普通の捜査なんて楽しそう、と、伊集院と桜井も目を輝かせる。

「お願いします」

「おれはもうお役御免《ごめん》でいいだろう？　六時からお祓《はら》いの予定があるし、ここで失礼させてもらうぞ」

これ幸いと逃げだそうとする三谷の着物の袖《そで》を清水はつかんだ。

「それは困る。また通訳の出番がくるかもしれないから、練馬署で待機していてくれ」

実のところ、事情を知りすぎてしまった七尾と三谷がまたテレビカメラの前でうかつな発言をすると困るので、絶対に自由にするな、と、秦野に厳命されているのである。

「おいおい、仕事をキャンセルしろっていうのか。七尾君だってこう見えても週刊誌の編集者だから忙しいんだぞ」

「あ、あたしは大丈夫です。今日は三谷さんにはりついてろって編集長から言われてますから」

「そうなのか」

「三谷さんからは特ダネの匂いがするそうです」

「ううむ、活躍を期待されるのは嬉しいが……」

「お祓いなんか明日でいいじゃないですか。今、日本中が注目してるのはコンビニ立てこもり事件ですよ〜」

七尾は胸の前で手を握り、甘い声で三谷に迫った。

「う……む」

三谷は痛しかゆしといったところらしい。

「六時までに柏木が解放されるよう祈ってくれ。渡部さん、三谷が逃げ出さないよう監督をよろしくお願いします」

「心得ました」

渡部はにっこりと微笑《ほほえ》む。

「むう……」

不満そうな三谷に清水はニヤリと笑うと、親指を立てた。グッドラック、と言いおいて、大急ぎで駅へむかっていく。

「いつも清水にこき使われている柏木の心境がだんだんわかってきたぞ……」

三谷は両手を腰にあて、渋面でつぶやいた。


十五時四十四分。

特殊捜査室の刑事たちは練馬署に戻ると、資料室に直行した。結花も一緒についていく。さすがに三谷と七尾を入室させるわけにはいかないので、お目付け役の渡部とともに、再び会議室で待ってもらうことにする。

棚にずらりとダンボールの箱が並ぶほこりくさい部屋で、九年前の資料を探す。

立てこもり事件で上を下への大騒動になっている中、わざわざここに来る捜査員は他になく、しんと静まり返っている。

「あったわ。同級生たちを取り調べた時の調書や捜査資料一式」

高島がダンボール箱を棚からおろして、机の上に置いた。

これが殺人事件の捜査であれば、犯人の遺留品から被害者の血がついた服など大量の押収物が保管されるところだが、傷害容疑であったため、ほとんどが書類と写真である。

三田村透がいじめに悩む心情をつづったというノートも、当該《とうがい》ページのコピーしか残されていない。本物は遺族に返されたのだろう。

「あれ、姐《あね》さん、この写真は？」

「透君をいじめていた同級生たち四人よ。見た目は普通の中学生ね」

「へー、これがいじめっ子たちか」

「一見したところ、どこにでもいそうな中学生たちなのにねぇ。今は立派な大人になっているといいけど……」

伊集院は右手を頬《ほお》にそえて、ほう、と、ため息をついた。

結花も伊集院の肩ごしに写真を見るが、たしかに、同級生を死に追いやるほどの凶悪さは感じられない。

「立派も何も、このうちの三人はもう死んでますよ」

「えっ⁉」

桜井の爆弾発言に、高島と伊集院は驚きの声をあげる。

「この最低の運気は他殺ですね。三人とももうお墓の中ですよ。このたれ目の子だけはまだ生きてます。でもかなり運気さがってますし、風前の灯火《ともしび》って感じですねぇ」

四人の中学生の写真をながめながら桜井は自信満々で言い放つ。

「本当に本当なの？」

「僕の透視は九十九パーセントあたるんですよ。三田村靖だって大当たりだったやないですか。せや、死んだ三人は犯罪被害者として警察のデータベースにのってるんとちゃうかな？　ちょっとこのパソコン借ります」

桜井は練馬署の警察官に断って、いそいそと検索をはじめた。

「およ？　犯罪被害者としてはのってませんね。まだ死体が発見されてへんのかなぁ。変死体リストに検索範囲を広げてみたら……あ」

「出た？」

「庄司《しょうじ》淳史《あつし》君は先月亡くなってます。けど……」

「見せて見せて」

高島と伊集院は桜井の両側から画面をのぞきこんだ。

「あら、練炭《れんたん》自殺になってるわねぇ。同姓同名の違う庄司君ってことはあるかしら？」

「誕生日と本籍地が一致してるし、この九年前のいじめっ子に間違いないわ」

「自殺に見せかけた他殺なんとちゃいますかね？　ちゃんと解剖《かいぼう》やら血液検査やらしてます？」

桜井は不満そうに口をとがらせた。

よほど他殺に自信があるのだろう。

「してないわね。状況的に自殺に間違いないって検視で判断したみたい。死体が発見されたのは千葉だし」

「あー、千葉は人口が多いのに監察医がたりないので有名なのよねぇ」

「むー」

「じゃ、次ね。二人目の笹野賢也《ささのけんや》君を検索してみて」

高島に言われて、桜井は二人目の名前を入力した。

「今度こそ他殺ですよ。……あれ？」

「あら、この子は六月十五日に親御さんから捜索願が出されてるけど、それだけね。六月十三日にどこかへ出かけたっきり連絡がとれない、ですって。まだ見つかってないけど、生きてるのかしら？」

伊集院の問いに、桜井は首を横にふる。

「かわいそうですが、死体が発見されてないだけで、確実に死んでます。うーん、ぱっと見、真っ暗な土の中のイメージだったからお墓だと思ったんですけど、殺されて埋められたってパターンかもしれへんですね」

「じゃあ三人目。小川太一《おがわたいち》君」

「はーい」

小川太一も、変死体リストに入っていた。

「え？　凍死《とうし》？　東京で？」

伊集院がびっくりして目をしばたたく。

「酔っぱらって公園で寝込んで、発見された時には凍死していた、か。今年の二月は寒かったものね」

ありえないことでもない、という高島の意見に、桜井は納得がいかない様子である。

「誰かが無理矢理飲ませて公園に放置したんとちゃいますか⁉」

「可能性はあるかもね。日付が二月二十三日だし」

「二月二十三日って何かあったかしら？」

伊集院が尋ねると、高島は軽く肩をすくめた。

「三田村透君が亡くなったのが六月二十三日だから、月命日じゃない。偶然かもしれないけど」

「え、じゃあ、犯人は父親の三田村靖っていうことですか⁉」

驚いて桜井が飴《あめ》色の目を大きく見開く。

「一人目の子が自殺したのはいつ⁉」

伊集院に言われ、桜井は急いで庄司淳史のデータに戻る。

「五月二十四日ですね」

「でも、遺体が発見されたのが二十四日だから、犯行が行われたのは二十三日なんじゃないかしら」

高島の指摘《してき》に、桜井と伊集院は顔をひきつらせた。

「一応最後の一人も検索しておく？　この子はまだ生きてるんだっけ？」

すっかり硬直《こうちょく》している桜井に、高島はうながした。

「あ、はい。そのはずです。えーと、竹内悠君《たけうちゆう》」

検索結果は、該当者なしだった。

「出ないわね」

「でしょ？」

桜井はようやく期待通りの結果を得られて、満足げである。

「あら、病死かもよ？」

「もー、姐さんは何でそんなに疑い深いんですか⁉」

「こう見えて、高島は昔、お笑いコンビでツッコミの練習をしてたのよ。だから何でもツッコミを入れずにはいられない体質になっちゃったの」

「ほんまですか⁉」

伊集院の解説に、桜井は目をむいた。

「関西人のくせに何だまされてるのよ。刑事だから疑い深くて当然でしょ。それにしても、この三人を殺した犯人はやっぱり三田村靖なのかしら？　自殺や凍死に偽装した他殺だったと仮定しての話だけど」

「そうよ、そこが重要なんじゃない。ちゃんと蠟燭《ろうそく》を使って真面目に透視してよ」

伊集院は後輩につめよる。

「無理です。どんなに真剣に透視をしても、過去のことは僕には見えしません。そこはカッシー先輩でないと」

「んもう、じれったいわね！」

伊集院は胸の前で両手を握ってかわいらしく左右にふった。

「もしかしたら、柏木ちゃんに包丁をつきつけてる男が連続殺人鬼かもしれないのよ⁉」

高島と桜井の顔がさっとこわばった。

結花は真っ青になり、セーラー服の胸元をぎゅっとつかむ。

「とにかく、室長に報告しましょう」

高島の提案に刑事たちはうなずきあうと、会議室にむかった。

三

十六時三分。

カップうどんを食べて、少しだけ元気を取り戻した柏木のもとへ、ほぼ一時間ぶりに結花が戻ってきた。

（大変よ、柏木さん！）

結花の大変を聞くのは今日何度目だろう。

結花の方をむいて、小さくうなずく。

(その人、三田村さん、連続殺人鬼かも!)

「?」

いきなり連続殺人鬼などと言われても、ピンとこない。どういうことだ? と、表情で問いかける。

(あのね、桜井さんが写真を見て、透君をいじめていた同級生四人のうち三人が殺されてるって言ったの)

四人のうち、三人が殺されている⁉

柏木は驚愕《きょうがく》を顔にださないよう、必死でおさえこんだ。頭の中でガンガンと早鐘が鳴り、息ができない。

(あと一人生き残ってる子の生命《いのち》も、風前の灯火だって。それで、柏木さんと一緒にいるこの男が、息子の復讐で、三人を殺したんじゃないかって話になって……)

結花はおろおろしながらも、必死で状況を説明してくれた。

まだ三田村が殺人犯だと決まったわけではないようだ。そもそも桜井の透視は現在の状況に限定されており、過去に何がおこったかまではわからない。

しかし、本当に三田村が息子の復讐のために三人を手にかけたのだとしたら。

今、また、樋口行男を連れて来るよう要求している理由は、一つしか考えられない。樋口も殺すつもりなのだ。

柏木はそっと三田村の顔を見た。

おにぎりを食べ終わり、再びマスクをかけた三田村は、軽く眉《まゆ》をしかめ、険《けわ》しい眼差《まなざ》しで外をにらんでいる。

さすがに柏木の首に包丁をあて続けるのは限界だったのだろう。今は柏木の脇腹あたりに刃先をむけている。

（あとね、樋口先生、あ、今は先生じゃなくて埼玉の工事現場で働いてるらしいんだけど、仕事中だからって練馬に来るのを拒否してるんだって。清水さんが説得にむかってるんだけど、来てくれるのかなぁ。来てくれないと、柏木さんを解放してもらえないよねぇ……）

柏木は軽く首をかしげた。

樋口が来たからといって、柏木が解放されるとは限らない。第二、第三の要求をだしてくるかもしれないのだ。たとえば、最後に一人だけ生き残っている同級生を連れて来い、とか。

何より、連続殺人犯の疑いがある以上、三田村と樋口を会わせることはしないだろう。あまりにも危険すぎる。

とにかく、追加の情報がほしい。行方不明の一人はともかく、あと二人が死んだ日の三田村のアリバイはあるのか。また、殺人を自殺や凍死に偽装した方法は？

ここにいてはわからないことだらけで、推理のしようもない。

結花に目で、捜査本部に戻るよううながす。

（えー、また行くの？　あたし、柏木さんが心配だから、ここに一人で残して行くの嫌なんだけど）

だめだ、という拒絶の意味で、二回まぶたを閉じる。

（そうだね。あたしがここにいても何もできないもんね……）

結花は悔しそうな表情でうなずくと、ふわりと三十センチばかり浮きあがった。

（また何か新しい情報があったら来るから、それまでがんばってね！）

柏木は一回まぶたをとじて、わかった、と、答えた。


同じ頃。

練馬署では、高島が会議室のドアをノックしていた。

ドアを開けると、三谷と七尾、そしてお目付役の渡部が何やら話しこんでいる。

「すみません、室長、ちょっと」

渡部だけを廊下におよび、ドアを閉める。

いじめっ子四人のうち三人までが死んでいるという桜井の透視結果に、さすがの渡部も驚いた様子だった。

「これはまた意外な展開ですね。彼らは九年前に中学二年生だったわけですから、現在はまだ二十二歳か二十三歳。それが四人のうち三人も殺されているとは異常事態としか言いようがありません」

「警視庁《うち》が把握していない連続殺人事件ということでしょうか？　あたし、柏木ちゃんが心配で、心配で」

高島のななめ後ろに立つ伊集院が蒼《あお》い顔で訴えると、桜井も大きくうなずく。

「伊集院君、落ち着いてください。まだ推測の段階で、何の物証も出ていないんですよ。犯人が三田村靖と決まったわけではありませんし、同一犯ではないという可能性だってあります」

渡部が穏《おだ》やかな声でさとす。

「そうですね。すみません……」

渡部は三人の部下を見渡した。

「柏木君を心配する気持ちは全員同じですが、急がば回れです。我々には狙撃《そげき》も突入もできませんが、幸い、調べものは得意です」

優雅な仕草で、長いひとさし指をこめかみにあてる。

「この立てこもり事件を解決する鍵は二つあるように思えます。一つ目は言うまでもなく、九年前の透君の死の真相です。そして二つ目は、九年もたった今になって、三田村靖が凶行に及んでいる動機は何なのかです。まずは二人が亡くなった時の詳《くわ》しい状況を、所轄署に問い合わせてみましょう。あと、行方不明の一名の捜索と、生き残りの一名からの事情聴取もしておきたいですね」

「はい」

刑事たちはうなずく。

「あたしは練炭自殺で亡くなったとされている庄司淳史君のことを調べてみます」

高島が言うと、渡部は目をみはった。

「庄司淳史君ですって？　これは奇遇《きぐう》ですね。その名前は先ほど七尾君から聞いたばかりです」

「七尾さんから？」

「ええ」

渡部はドアを軽やかにノックした。

「七尾君、すみません」

ドアをあけると、テーブルをはさんでむかいあわせに腰かけている三谷と七尾が、同時にふりむく。

「三谷さんじゃなくて、あたしですか？」

七尾はきょとんとした顔をしている。

「若者が自殺した場所を三谷さんがおとずれて供養《くよう》をする、という企画はどうだろう、と、さっき話しておられましたよね？」

「ええ。先月、練炭自殺の特集を組んだ時に何件か取材したんですけど、その中に、もの寂《さび》しい海辺に車をとめて、謎の自殺をはかった青年がいたんですよ。なかなか絵になる場所でしたし、三谷さんが供養に行くのにうってつけだと思いまして。でもそれがどうかしましたか？」

「亡くなった若者の名前は庄司淳史君といっていませんでしたか？」

「そうです。誌面ではプライバシーに配慮して仮名にしますけどね」

「謎の自殺というのはどういう意味ですか？」

「葬式に来ていた友人たちが変なこと言ってたんですよ。あいつが自殺なんかする理由は何もない。きっと九年前に、庄司たちにいじめられて自殺した同級生のたたりだ、って」

七尾の話に、高島と伊集院は目でうなずきあう。やはり自殺を偽装した殺人ではないだろうか。

「庄司君たちが同級生をいじめていたことは、周知の事実なんですか？」

「未成年とはいえ、裁判沙汰《ざた》にまでなってますからね。報道で名前を伏せても、同じ学校の生徒や近隣の住人たちにはつつぬけだったようです。何より、四人組のうちの一人がブログに書いてましたよ」

「おやおや、自分たちのいじめのことをですか?」

渡部は驚いてききかえした。

「ええ。『とろくせえヤツは車よけられねえし』『名前からしてトロル君だったからじゃね?』みたいな調子で。自分の本名や住所は伏せてましたけど、事件のことを知っている人が読めば、ばればれでした。あたしもURLを教えてもらって見てみたんですけど、二月に友人が亡くなった時も、『昔あの世送りにしたあいつによろ。ってか、あの世でも退屈しないですむね。うらやましスギ』なんて書いてて、びっくりしました。たしかにそんなひどいことを書いてる無神経な人が自殺って、ちょっと違和感ありますよね」

七尾は見かけによらず神経が図太いらしく、ヘビーな内容をあっけらかんと話す。

「二月に亡くなった友人というのは、小川太一君のことかしら?」

おそるおそる伊集院が尋ねると、七尾は取材ノートをぱらぱらめくった。

「ああ、そうそう、小川君です」

「やっぱりそうなんや……」

「やっと大学の卒業が決まって、上機嫌で飲み歩いてたらしいんですけど、羽目をはずしすぎたんでしょうね。泥酔《でいすい》して公園で寝込んで凍死したそうです。その後、公園では夜な夜な彼の幽霊が出るって噂《うわさ》もたったらしいですよ。あたしとしては、九年前にいじめ殺した同級生のたたりで練炭自殺っていうのはちょっとこじつけっぽいから、不慮の死をとげた親友に連れて行かれたっていう方向で、きれいにまとめたいと思ってるんですけど」

「幽霊かぁ。こういう時こそ、カッシー先輩がいれば何かわかったかもしれませんけど……あ」

刑事たちの視線がいっせいに三谷に集中する。

「いたわね」

「助かるわぁ」

「カッシー先輩の代打お願いします」

「さっきははずれでしたけど、今度こそ活《い》きのいい幽霊がいそうですね。何せ死んでからまだ数ヶ月ですし」

渡部にまで迫られて、三谷は慌《あわ》てふためく。

「また私か!?　言っただろう、六時からお祓いなんだ」

三谷は即座に断ろうとしたが、またも駄目押ししたのは七尾だった。

「この事件を三谷さんが霊能力で解決したら、明日にはマスコミの注目の的ですよ！　もちろん詳細はうちで独占スクープさせてもらいます！」

「いや、しかし……しかしだな、ううむ」

三谷の抗議もむなしく、一同は公園へむかうことになったのである。

四

十六時二十分。

太陽が西に傾《かたむ》き、ほんの少しだけ陽射《ひざ》しがやわらぐ頃、ようやく清水は埼玉県朝霞市のマンション工事現場にたどりついた。金属音が響《ひび》き、ペンキと土ぼこりのにおいがする。まあまあ大きな五階建てのマンションで、戸数は三十くらいだろうか。もう外壁にはクリーム色の塗装がほどこされ、八割くらいはできあがっているようだ。ところどころに紺色やグレーのシートがかけられており、屋上のあたりにはまだ銀色のパイプが組まれている。

「待ってましたよ、清水さん。いくら頼んでも全然うんと言ってくれないんです」

情けない顔で清水を出迎えたのは、後輩の町田である。

「それで、樋口先生はどこだ？」

「あの青いTシャツの人です」

町田が指さした男は、二階の外廊下で何やら作業をしているようだった。清水はマンションの近くまでゆったりと歩みよる。

「はじめまして、警視庁の清水といいます。樋口さん、ちょっとよろしいですか？」

二階まで届くよう、大声をはりあげた。

「すみません、今、仕事中で手がはなせないんですよ」

樋口はふりむきもしない。

「社長さんにも現場監督さんにも許可をいただきました」

「樋口さん、今日は仕事はもういいから、警察に協力してやりなよ。人の生命がかかった事件らしいよ」

現場監督らしい男が、上の階から声をかける。

「はあ……」

樋口は気乗りしない様子で手をとめ、階段で下までおりてきた。首にかけたタオルで額《ひたい》の汗をぬぐう。

陽に焼けた腕には筋肉がつき、Tシャツの背中には汗じみが広がっている。汚れたヘルメットの下からのぞく頭髪はほとんどが白い。趣味で油絵を描き、文学を愛していたという国語教師時代とはかなり雰囲気が違う。ただ、眼鏡の奥の優しそうな目だけが昔の写真のままである。

「今、練馬のコンビニで立てこもり事件が発生しています」

「それはそちらの刑事さんからうかがいました」

清水のななめ後ろに立つ町田が、どうも、と、頭をさげた。

「そうですか。では、早速ですが、これを見ていただけますか?」

清水は写真を数枚取り出して樋口の方へむける。

「この奥の男が犯人で、手前にいるのが人質です」

樋口はちらりと写真を見るが、受け取ろうとはしない。

「それで、この犯人が、樋口さんに会いたいと言っています」

「それもうかがいました」

「この犯人の男に見覚えはありませんか?」

「全然ありません」

樋口は即座に断言した。

嘘をついているようには見えない。

「三田村靖、九年前に亡くなった三田村透君のお父さんです」

「この男が三田村君のお父さんですか? 本当に?」

樋口はいぶかしげな表情で問い返した。

清水はじっと樋口の顔を観察する。

「随分体型がかわり、老けていますが、間違いありません」

「そうですか」

樋口はもう一度、頬を流れおちる汗をタオルでぬぐった。

「なぜ三田村さんは、息子さんが亡くなって九年もたつのに、今さら樋口先生に会いたいなんて言うんでしょうね」

「それは三田村さんに聞いてください」

「何かお心あたりはありませんか？」

「全然ありません」

樋口の表情にも口調にも迷いはない。

「いろいろお話もうかがいたいので、練馬署までご同行いただけませんでしょうか？」

「大変申し訳ありませんが、今は仕事中ですから」

「ですから、今日は樋口先生はもうあがっていいと、現場監督さんから許可をいただいています」

「明日はまた雨になりそうなので、今日中に終わらせておきたい作業があるんです。お力になれず申し訳ありません」

言葉遣いは丁寧だが、きっぱりと拒否していることに違いはない。

「じゃあ、仕事が終わるまでお待ちしますよ」

「無駄です。仕事の後は疲れていますし、すぐに帰って寝ることに決めていますから」

予想通りの答え、しかも即答だった。やはり仕事は口実なのだ。

普通、人命のかかった事件だから協力してくれと警察に迫られたら、断るにしても、もう少し迷いがあってもよさそうなものだ。しかし樋口にはまったく迷いがない。かたくななまでのこの態度は、一体どういうわけだろう。

「もしかして、三田村さんには会いたくない、いや、会えない理由があるんですか？」

「そんなことはありません」

　三田村には会いたくないはずなのに、やはり樋口は躊躇《ちゅうちょ》なく答える。まるで、想定問答集が樋口の頭の中に用意されており、それを読んでいるかのようだ。

「三田村靖に会いたくなければ会わなくてもかまいませんので、透君の事件に関してだけでも、お話をうかがわせていただけませんか？」

「申し訳ありませんが、今さらお話しすることは何もありません」

「そうですか……」

　清水は煙草の煙を深く吸い込みながら、賭《か》けに出てみることにした。

「ところで、先生の元教え子のひとりである庄司淳史君が、先月、練炭自殺で亡くなったそうです」

　渡部から聞いたばかりの最新情報である。しかし樋口はわずかに目をふせただけだった。

「驚かれないんですね。ご存知でしたか？」

「新聞で読みました。大変残念です」

「それでは小川太一君が二月に亡くなったこともご存知ですか？」

「はい」

「私は三田村靖が二人を殺したのではないかと疑っています」

「三田村さんが庄司と小川を？」

樋口の顔色がかわる。

「あくまでも推測ですが、三田村靖は、息子の透君がいじめを苦にしてとびこみ自殺をはかったと信じていたようですからね。復讐じゃないでしょうか」

この仮説を話すことによって、樋口が三田村に会おうとするか、それとも、絶対に練馬には行かないと強く拒絶するか。

清水はじっと樋口の表情を観察した。

「三田村さんが復讐殺人などする人だとは思えません。庄司君の自殺はあくまでただの自殺だと思います」

静かに頭を横にふる。

「しかし、彼らが透君をいじめていたことは事実なんでしょう？　裁判でも認定されていますよね？」

「大変残念です」

樋口はきゅっと口もとをひきむすんだ。

クソッ、と、清水は心の中で悪態をつく。

目の前の元教師を今すぐ練馬までひきずって行って、厳しく取り調べたいのにやまやまだ。

だがこの調子では任意同行に応じそうもないし、たとえ応じさせたとしても、樋口から新たな証言を引き出すだけの材料が何もない。

お宮の間のメンバーたちが、何か新事実を掘り起こしてくれることを祈るしかなさそうだ。

これは予想外に長びくかもしれない。柏木の体力がもてばいいが……。

少しずつ高度をさげていく夕陽を、清水はじっとにらんだ。

五

十六時四十五分。

小川太一が凍死したのは、新宿《しんじゅく》駅から少し離れたところにある小さな公園だった。

遊具や噴水はなく、申し訳程度に木陰《こかげ》に置かれたベンチで、老人が一人、野良猫に餌《えさ》をやっている。

「このへんだったかな?」

薄青色の花をつけた紫陽花《あじさい》の前で、七尾は立ち止まった。

「ふむ」

腕組みをする三谷を、特殊捜査室の刑事たちが、期待と不安のまざった眼差しで見つめる。

三谷は軽く周囲を見回すと、紫陽花の奥に目をとめた。冬服を着た二十代男性らしき幽霊を見つけたのだ。

(三谷さん、あの人……?)

結花が尋ねると、三谷はうなずいた。

「うむ。いるな」

「やった！　さすがは三谷さん」

両腕をあげてはしゃぐ桜井に、三谷はまんざらでもなさそうな顔でうなずく。

「さっきは幽霊がいなかったからどうしようもなかったが、いさえすればあとは簡単だ」

三谷は自信満々で幽霊に近づいた。

「おい、おまえ」

ろうろうとした声で話しかける。

(あれっ、あんた、もしかして……?)

「うむ。三谷啓徳だ」

（ギャー！　祓い屋三谷だー!!）

幽霊ははじかれたように三メートルほどとびあがると、一目散に逃げだした。祓い屋三谷の悪名は、幽霊歴四ヶ月の新米の耳にも入っていたようだ。

「おい、ちょっと待て！　待てと言っているだろうが！　こら！　逃げるな！」

三谷は錫杖《しゃくじょう》をふり回しながら追いかけるが、空中をとびまわる幽霊に追いつくはずがない。

（お願い、待って！　お祓いじゃないの！　話を聞かせて！）

結花が慌てて後を追っていった。

「ちっ、空へ逃げるとは卑怯《ひきょう》な……！」

三谷がななめ上へむかって悪態をつくのを見て、刑事たちもおおよその事情を察する。

二分後、仁王立ちする三谷のもとへ、しょんぼりした様子の結花が戻ってきた。

（だめです。すごい勢いで逃げられちゃいました……）

「君でもだめだったか」

（はい……）

渋い顔の三谷に、七尾がおそるおそる声をかける。

「あのー、逃げられちゃったんですか……？」

「うむ」

「顔が怖いから？」

失礼なことをきく桜井を、三谷はぎょろりと大きな目でにらんだ。

「これでも有名人だからな。ほとんどの幽霊は、おれを遠くから見かけただけで、恐れをなして逃げだすのだ」

「へー、それは難儀ですねぇ」

（三谷さんは、発している気《き》のパワーが普通の人とは全然違うから、顔を知らない幽霊にもただ者じゃないってばれちゃうのよね。あたしも慣れるまでけっこうかかったし……）

幽霊としての結花の意見を三谷が通訳すると、なるほど、と、全員がうなずいた。

「強力な霊能者ならではということですか。さすが三谷さんですね」

「まあそういうことになりますかな」

渡部にさりげなくはげまされ、三谷は気をとり直したようだ。

「ということは、練炭自殺の方の幽霊も期待できないということですか？」

「残念ながら、その通りだ」

高島の問いに、三谷は重々しくうなずいた。

「やっぱりカッシー先輩でないとあかんのですねぇ」

「まったくなんだってこんな時にケンタは人質にされてるのかしら。間が悪いにもほどがあるわ」

「柏木ちゃんだって好きで人質になっているわけじゃないんだから、責めないであげて」

伊集院は胸の前で組んだ両手を軽くかたむけ、うるうるした目で高島に訴える。

「わかってるわよ。でもケンタさえいれば、元同級生たちの不審死に三田村靖が関わっているかどうか、小川太一の口から直接聞けたのに」

「そうねぇ。犬を飼っている家があれば、あたしが何とかできたかもしれないんだけど……」

「あ、いましたよ、犬」

伊集院の言葉に反応したのは七尾だった。

「どこに!?」

伊集院の目がキラリと光る。

「ここで凍死した小川君の家です。以前取材に行った時見かけました」

「ありがとう、七尾さん」

「でも犬がどうしたんですか?」

「ヒ・ミ・ツ」

あごのわれたいかつい男にウィンクされ、七尾は一歩あとじさった。

「小川家は今でも練馬区内なのかしら? 九年前の資料には、当時の住所しかのってないんだけど」

「そうです。たしか練馬駅から十分ちょっとのところでした」

「あたし、早速行ってきます」

伊集院は渡部に熱く宣言する。

「じゃああたしは当初の予定通り、庄司淳史の家に行ってみます」

「僕は笹野君の死体捜しかなぁ」

「お願いしますね」

それぞれ役割分担を申告した刑事たちに、渡部はうなずいた。

（えーと、あたしも何かできること……そうだ、九年前の三田村透君の事件のことを知っている幽霊はいないか、あのへんで聞き込みをしてきます）

結花も三谷に言うと、ふわりと飛びあがった。

「私はお祓いの支度があるからこのへんで」

「あたしもそろそろ編集部に……」

「三谷さんと七尾さんは練馬署に戻っていただきます」

どさくさにまぎれてさりげなく逃げようとした二人の腕を、渡部はしっかりとつかんだ。

第五章　特殊捜査室、暗躍する

一

十七時。

店内にさしこむ西陽《にしび》が、濃く長い影をつくるようになった。

事件発生から五時間三十分が経過し、黄色い規制テープの外側にならぶテレビカメラの数は増える一方である。

「遅いな……どうなってるんだ。もう五時だぞ。埼玉から連れてくるのに何時間かかってるんだ」

最初は悠然《ゆうぜん》とかまえていた三田村だが、壁にかけられた時計に目をやる間隔《かんかく》が次第に短くなってきた。

ついにしびれをきらしたのだろう。柏木の携帯を開くと、ボタンを押しはじめた。もちろん通話先は警察である。

「樋口先生はまだか⁉」

開口一番、怒鳴《どな》るように言う。

「樋口さんは仕事が終わり次第、こちらにむかってもらえるよう説得中だ」

柏木が耳をすませていると、少し鼻にかかった若い男の声がもれてきた。捜査本部の秦野が自ら犯人との交渉にあたることにしたようだ。

「つまり、いつここに着くかわからない、それどころかまだ仕事をしているということなのか⁉」

三田村は怒りをあらわにした。フレンドリーな口調で話す余裕はもはや残っていないらしい。

「なるべく急いでもらっているから、もうしばらく待ってくれ」

「もうこれ以上待つ気はない。この人には死んでもらうしかないな」

三田村はわざと立ち上がり、外からも見えるように、柏木の喉《のど》に刃先をむけた。柏木はぎゅっと目をつぶり、凶器から顔をそむける。

「待て！　樋口行男は必ず連れて行くから早まるな！」

「一時間だけ待つ。無理矢理にでも先生を引きずってこい」

それだけ言うと、三田村は電話を切ってしまった。

蒼《あお》ざめる柏木に包丁をつきつけたまま、三田村はうなずく。

「聞いての通りだ」

「私の生命《いのち》は残りあと一時間ですか……」

柏木は泣き笑いをうかべた。

連続殺人鬼の四人目の被害者は自分になるらしい。結花が心配していた通りである。

「警察が樋口先生をここに連れてきたら、君は解放してやるつもりだったんだが、先生が拒否しているようだ」

三田村は小さく嘆息《たんそく》をもらした。

もしかしたら積極的に柏木を殺すつもりはないのかもしれないが、ため息をつきたいのはこちらである。

「樋口先生がここに来たがらないのは、仕方がないですよ。コンビニに立てこもっている見知らぬ男から指名されたからって、気軽に来る人は普通いないと思います」

「いや、樋口先生はおれが誰なのか気づいている。だから会おうとしないんだ」

三田村の言葉に柏木は違和感を覚えた。

いくらテレビで立てこもり犯の姿が流されているとはいえ、帽子とマスクでこれだけがっちりガードしているのに、正体に気づくものだろうか。しかも、結花の話によると、ここ数年の間に三田村はすっかり外見が変わってしまったというではないか。それでも正体を見破《やぶ》れるとしたら、二人はかなり親しい間柄だったということになる。

だが三田村と樋口が親しかったとは考えにくい。裁判をめぐって、むしろ主張が対立していたはずだ。

逆に、激しく憎みあっているというのはどうだろうか。三田村はいつの日か樋口を殺そうと虎視眈々《こしたんたん》と狙《ねら》っており、それは樋口も知っている。だから警察からコンビニ立てこもり事件の解決のため協力してほしいと依頼があった時、樋口は瞬間的に犯人が三田村だと勘づいた。少なくとも三田村はそう考えている、ということか？

「もしかして、樋口先生は、ここに来たらあなたに殺されるっておびえてるんでしょうか？　だからここに来てくれないのでは……」

「それはないと思う」

三田村は再び包丁を柏木の脇腹あたりまでおろす。

「じゃあ、なぜ来ないんでしょうね。何か後ろめたいことでもあって、顔を出せないとかですか？」

柏木は重ねて尋ねた。三田村の考えていることがさっぱりわからない。この男が何か言うたびに、新しい疑問がわいてくる。

「そんなこと、おれが知るわけないだろう！」

三田村はいらいらした様子で怒鳴った。

「どうして樋口先生に会いたいんですか？　まさか、本当に殺す気なんですか？」

もう遠慮している場合ではない。

「私は一時間後にここで死ぬかもしれないんですよね？　だったら、せめて、どういう事情でこんなことをしているのか教えてもらえませんか？　でないと、死ぬに死にきれません」

柏木はなけなしの気力をふりしぼって、必死で訴《うった》える。

「話せないものは話せないんだよ！　これ以上うるさく言うと刺すぞ！」

三田村は、ガン、と、カウンターを蹴《け》った。どうやら本気で怒らせてしまったようである。

「……すみません……」

さすがにこれ以上くいさがることはできなかった。

二

十七時十五分。

あいかわらず交通量の多い環状《かんじょう》七号線を、湿気をはらんだ重い熱風が吹きぬけていく。夏至をすぎたばかりのこの時期、日没まではまだ一時間半以上ある。

結花は再び、三田村透が死んだ横断歩道に戻った。聞き込み捜査のためである。といっても、ほとんどの生きている人間とは言葉をかわすことができないので、幽霊相手の聞き込みということになる。

これだけの大通りだし、交通事故で亡くなった人の地縛霊くらいすぐに見つかるだろうと思っていたのだが、いざ捜してみるとなかなかいない。

十分以上かけてうろうろと付近をとびまわり、事故現場から二百メートルほどの場所にある大きな病院で、ようやく幽霊を一人見つけることができた。

この病院で亡くなった患者だろうか。三十歳くらいの女性で、パジャマの上からカーディガンをはおっただけの姿である。

（あの、すみません）

結花は丁寧に頭をさげる。

（ちょっと教えてほしいことがあるんですが）

（何？）

女性はちらりと結花を見た。ひどくやつれてはいるが、色白のきれいな人だ。

（九年前に環七の横断歩道で中学生が死んだ時のことを覚えてませんか？　三田村君っていう男の子なんですけど）

(九年前かぁ。あたしはその頃、まだ北海道に住んでたからわからないな)

女性は三年前に東京に出てきて、それから半年ほどで亡くなったのだ、と語った。

(この病院って、お姉さんの他に幽霊はいますか?)

(まえはじいさんが一人いたけど、いつのまにかいなくなってたね。成仏《じょうぶつ》しちゃったのかも)

(そうですか……)

結花はしょんぼりと肩をおとした。

(あんた何でそんなことをきくの? 死んだ子の知り合い?)

(いえ、そうじゃないです。ええと、あたしの大事な人が今、事件に巻き込まれてて、すごく危険な状況なんです。それで……)

突然、結花の目から涙がぽろりとこぼれおちる。

(どうしたの!? 大丈夫!?)

(え、あ、すみません、大丈夫です)

大丈夫ですから、と、繰り返しながらも、次から次へと涙があふれてきてとまらない。

このまま柏木が死んでしまったらどうしよう、と、不安と焦《あせ》りで心が押しつぶされてしまいそうだ。泣いてなんかいる場合じゃないのに。

(あー、要するに恋人がピンチなのね?)

（恋人なんかじゃ……な、ないです……）

洟《はな》をすすり、嗚咽《おえつ》をまじえながら、一所懸命答える。

（ふーん？）

女のカンで事情を察したのか、単にこれ以上深入りしたくなかったのか、それ以上はきいてこなかった。

（お邪魔してすみませんでした。失礼します）

結花は涙をぬぐって、頭をさげる。

（ねぇ、情報屋に聞いてみたら？）

三メートルほど離れたところで、背後から女性の声が聞こえてきた。

（情報屋？）

（このへんのことなら何でも知ってる、主《ぬし》みたいな幽霊がいるのよ。もうずっと練馬で商売してるらしいから、九年前のことも知ってるんじゃない？　よく練馬区役所の展望レストランにいるから、行ってごらん）

（ありがとうございます）

結花はぱっと顔を輝かせた。

十七時三十二分。

練馬区役所は、練馬駅の周辺で一番派手なビルだ。特に夕方には、青黒いガラス壁が西陽を反射して、べかべか輝いている。

結花はちらりと柏木がいるコンビニの方を見た。

(柏木さん、胃は大丈夫かな……)

今すぐコンビニへかけつけたいのはやまやまだが、自分が行っても何の役にも立たないのはよくわかっている。

(だめだめ。まずは情報屋に会って、透君の事故のことを聞かないと!)

結花は軽く頭をふると、垂直にとびあがった。展望レストランというからには、最上階付近のはずだ。ゆるいカーブをえがく窓ガラスをすり抜け、建物の中にすべりこむ。

上から二番目のフロアにレストランがあった。茶色を基調にした落ち着いた内装で、メニューは洋食全般のようだ。まだ夕食には早い時間ということもあって、空席が多い。

黄昏時《たそがれどき》の東京の街並みが窓から一望できるのだが、せっかくの景色を楽しむ余裕もなく、必死に店内を捜し回る。

(いた!)

窓際に幽霊が立っていた。

細身の青年だ。いや、少年だろうか。後ろ姿なので顔は見えないが、少し長めの薄茶色の髪に、細長い手足。白いシャツに黒いパンツ。耳につけた小さなピアスがきらきら光っている。

（あの……はじめまして）

結花が近より、声をかけると、幽霊はゆっくりとふりむいた。色白の顔に、少したれぎみの薄紫がかった灰色の瞳、すっきりととおった鼻筋。年齢は二十歳くらいだろうか。

（やあ）

やわらかな声で答えると、幽霊は微笑《ほほえ》んだ。

（あなたが情報屋さん？　随分《ずいぶん》若いのね）

何となく、中年かそれ以上の年齢の幽霊を想像していたのだ。

（そうでもないよ。死んだ時は若かったけど、幽霊になってからもう随分たつからね。自分が死んでからどれくらいの年月が流れたのか、わからないくらいさ）

ふふっ、と、幽霊は笑った。たしかに年齢不詳な雰囲気ではある。

（それで、僕に何か用？）

（情報がほしいの）

結花はざっと事件の経緯を説明した。

（調べてもらえるかしら？）

情報屋はあごをつまんで、軽く首をかしげる。

（できないことはないけど、多少時間がかかるかもしれない）

（そこを何とか大急ぎで）

（特急料金になるよ？）

（お金……？）

結花は困り顔になった。

（お金に糸目はつけないって言いたいところだけど、あたし、お金なんて持ってないの。幽霊だし。みんなどうやって払ってるの？）

（いつもは情報のかわりに情報をもらうことが多いけど、そうだなぁ、君の場合は……）

情報屋は結花の肩にすっと腕をまわした。

（一晩デートしてもらおうかな）

（えっ⁉）

結花はびっくりして、ぴょんと後ろにさがった。なぜ、初対面の、それも会って一分たらずの男とデートの約束をしないといけないのだ。しかもいつ死んだのかわからないという、ちょっと得体のしれない相手である。

（嫌ならいいよ？）

（わ、わかったわ。デートくらい一晩でも二晩でもするから、とにかく急いで）

背に腹はかえられない。とにかく柏木を助けるために、九年前の情報が必要なのだ。

結花は決死の覚悟でうなずいた。

(オッケー。それで、君の名前は?)

(及川結花。あなたは?)
(ミツル)
(ミツルね。それで、情報はいつもらえるのかしら?)

情報屋は時計をちらりと見た。

(そうだな、三時間後にまたここに来てくれる?)

(えー、三時間もかかるのー!?)

結花が大声をあげると、ミツルは困ったような笑みをうかべる。

(じゃあ超特急で二時間。これは大サービスだよ)

(わかった。お願いね!)

結花はセーラー服の襟《えり》をひるがえしながら、大急ぎで窓ガラスをすり抜けて外へ出た。

どうもミツルは苦手である。

ちらりとふり返ると、ミツルとガラスごしに目があった。ミツルに笑顔で手をふられ、結花もしぶしぶふり返す。

こんなことをしてる場合じゃないんだけど、どうも調子が狂うな……。

結花は心の中でつぶやいた。

三

十七時三十八分。

高島は七輪《しちりん》を抱えて練馬署に戻り、あいている取調室にこもった。七輪の中には練炭《れんたん》の燃えかすが残っている。庄司淳史の両親が、警察から返却されたものを、捨てるに捨てきれず、物置きに保管しておいたものである。

呼吸をととのえると、右手を七輪の上にかざし、目をとじる。

七輪に焼きついた記憶を、ゆっくりと探っていく。

すぐに強烈な死への恐怖と酸欠の苦しみにいきあたった。

ドアをあけるだけで、この苦しみから解放されるのに、身体が重くて指一本持ち上げることができない。

このままここで自分は死ぬのか。

なぜだ。

なぜ自分はこんなところで死なねばならないのだ。

いくら空気を肺に送りこんでも、酸素が得られない。

苦しい、苦しい、死にたくない。

誰か助けて……殺される……。

高島は目を開けると、激しく咳《せき》こんだ。何度やってもつらい。

死にゆく人間の記憶を拾うのは、何度やってもつらい。この七輪には、死にいたるまでの恐怖と苦痛にさらされた庄司淳史の記憶が、くっきりと焼きついている。自殺しようとした人間の記憶にしては、迷いがない。普通は人生への絶望や、死への決意、苦痛に満ちた方法を選んでしまったことへの後悔など、さまざまな思いが交錯《こうさく》するものだ。

だが、庄司の記憶は違う。

繰り返される「なぜ」と、最後の「殺される……」の言葉。

高島佳帆は確信した。

庄司淳史は他殺だ。

高島が捜査本部のドアをあけると、室内は息詰まるほどの緊張感に支配されていた。特に秦野はいつも以上にぴりぴりしている様子である。

「もう五メートルずつマスコミをさがらせろ！　狙撃《そげき》の邪魔だ！」

秦野の指示が即刻現場に伝えられる。

いよいよ犯人の狙撃準備に入ったようだ。

高島は渡部を見つけると、部屋の隅《すみ》へ行き、小声で七輪の透視結果を報告した。

「やはり庄司淳史は自殺に見せかけた他殺でしたか」

渡部はふむ、と、うなずいた。

「ただ、犯人を特定できるような記憶は残っていなかったので、三田村が関与していたかどうかは不明です」

高島の声に悔《くや》しさがにじむ。

「さきほど伊集院君からも連絡がありました。凍死《とうし》した小川太一君の犬によると、お正月をすぎた頃に太一君をたずねてきた男性がいて、玄関の前で言い争いになったそうです。といっても大声をはりあげての怒鳴りあいだったわけではないので、二階にいた母親には聞こえなかったのではないか、とのことでした」

「男というのは、三田村でしょうか？」

「写真を見せても、この帽子とマスクでは全然顔がわからない、何かにおいのついた物を持ってきてくれと答えたそうです」

「そうでしょうね」

高島は苦笑いをうかべた。

「そして小川太一君が亡くなって、一度遺体が自宅に戻されてきた時、酒のにおいに混じって、ごくかすかですけど、その男のにおいが太一君の遺体からしたそうですよ」

「えっ⁉」

「においがしたからその男が太一君を殺した、とは断定できませんが、少なくとも、亡くなった日に接触があったことは間違いないでしょう」

「でもその犬は、よく一度訪ねて来たきりの男のにおいを覚えていましたね。よほど賢い犬なんでしょうか？」

「体臭に線香と花と病気のにおいが混じった独特のにおいがしたから、印象的だった、って、言ってたわ」

声がした方をふりむくと、伊集院だった。ちょうど小川家から戻ってきたところらしい。

「お疲れさまでしたね」

渡部がねぎらいの声をかける。

「線香と花は息子の仏壇《ぶつだん》でしょうけど、病気っていうのはどういう意味？　病気ににおいなんてあるの？」

「犬は病気や怪我のにおいがわかるのよ。もちろん病気の種類にもよるでしょうけど。三田村さんは会社も病気を理由に退職したそうだし、どこか悪いのかもしれないわね」

伊集院が言うには、訓練を受けた犬なら、呼気から内臓疾患をみつけだすこともできるのだという。

「あとは薬のにおいがしみついてる人のことをさしてる可能性もあるわね。医者、看護師、薬剤師あたり？　今回は関係なさそうだけど」

「でも、四人のいじめっ子たちのうち三人を殺したのが三田村靖だとしたら、どうして一人だけ殺さずに生かしているの？　それに、普通に考えれば、樋口先生ではなく、最後の一人を連れて来るよう要求してもよさそうなものじゃない？」

高島の疑問に、渡部と伊集院もうなずいた。

「樋口先生を殺した後、柏木ちゃんを盾《たて》に逃走して、また来月か再来月の二十三日に残った一人を殺す計画なのかも？」

伊集院は小首をかしげる。

「もしかして桜井の透視が間違いで、もう四人目の子も死んでるんじゃないでしょうか？」

高島が細い眉《まゆ》を軽くひそめ、不吉な可能性を指摘《してき》した。

「練馬署の捜査員たちが捜していますが、まだ保護してはいないようですね。今は大人数を割く余裕はないでしょうし」

「行方不明者リストにも変死体リストにものっていなかったから、生きている可能性は高いんじゃないかしら？　桜井ちゃんは風前の灯火《ともしび》だなんて言ってたけど……」

「そもそも当の桜井はどうしてるんですか？」

「捜索願が出されている笹野賢也君の遺体を発見すべく鋭意努力中なのですが、いくら透視しても土の中にいるという以上の情報が得られないようで、頭をかかえてます」

渡部の話に、高島と伊集院は苦笑する。

「ちなみに三谷さんと七尾さんは、さっきの会議室にお戻りいただきました。勝手に出歩かれては困りますので、ドア前で見張ってもらっています」

こんな状況でなければ、もっと三谷さんとお話ししたかったんですけどねぇ、と、オカルト好きの渡部は残念そうだ。

「そういえば、着々と突入準備がすすんでいるようですね」

高島の問いに、渡部はうなずいた。

「ええ、むかいのビルにSITが配置済みです。マスコミも注目していますし、秦野君としてはなるべく穏便《おんびん》に解決したかったようなのですが、三田村が最後通牒《つうちょう》をつきつけてきましたからね」

「最後通牒とは？」

「午後五時、つまり我々が新宿の公園をあとにした頃ですが、三田村から電話がかかってきましてね、一時間以内に樋口を連れて来なければ人質を殺す、と言ったそうです」

「えっ⁉ 一時間って、もうすぐじゃないですか」

伊集院は手首の内側を上にむけ、腕時計を確認した。六時まであと七分しかない。

「突入のこと、柏木ちゃんは知ってるんですか？」

「十分ほどまえに及川結花さんが一度ここに戻ってきたので、柏木君に伝えてほしいと頼んでおきました」

もちろん実際に頼んでくれたのは三谷さんですが、と、渡部はつけ加える。

「秦野君も引き延ばしをはかっているのですが、なかなかいいカードが見つからないようです。樋口先生は練馬へ来ることを拒否していますし、電話での説得を頼める状況でもありません」

「離婚した奥さんに投降するよう説得してもらえないんですか？」

高島の問いに、渡部は頭を左右にふって答えた。

「奥さんは今、参考人として下の取調室で事情聴取をうけていますが、もう三田村には関わりたくないと言っているそうです」

「離婚原因は何だったんですか？」

「裁判をめぐって三田村と対立したようですね。奥さんは、いくら裁判で勝ってももう息子は戻ってこないし、和解したかったそうです。息子を静かに眠らせてやりたいし、自分もそっとしておいてほしい。とにかく疲れた。今回の事件に関しても、なぜ今さら三田村が息子の命日に樋口先生をよびだそうとしているのかさっぱりわからないそうです」

「事件解決への手がかりになりそうな証言は無しということですか？」

高島の質問に、渡部は残念そうにうなずく。

「今のところはそのようですね」

ただ、通話の録音を聞いて、別れた夫の声に間違いない、と、奥さんが確認したため、立てこもり犯が三田村靖であることをようやく秦野も認めたのだという。

「あと六分をきったわ……」

伊集院が蒼《あお》い顔でつぶやく。

「どうして三田村靖の連続殺人リストに、柏木ちゃんがのらないといけないのよ。おかしいでしょう……!?」

「突入がうまくいけば、ケンタが死ぬことはないはずよ」

さすがの高島も、不安そうな眼差《まなざ》しでテレビ画面をにらんだ。

四

十七時五十五分。

ガラス窓をすり抜けて結花が戻ってきた。これが何度目になるのか、もう数えきれないくらいだ。

(柏木さん、大丈夫!?　どこも怪我してない!?)

すっかりおなじみになった台詞《せりふ》に、柏木はまばたきを一回して、イエスと答える。

（樋口さん、仕事は終わったんだけど、こっちに来るのはいやだって拒否してるんだって）

あの押しの強い清水の説得を受けつけない人間もいるのか、と、柏木は感心した。樋口行男というのは、よほど意志の強い人なのだろう。

（あと、離婚した奥さんに、三田村さんを説得してもらえないかって頼んだけど、関わりたくないって断られたんだって……）

だんだん結花の声が小さくなる。

（それで、秦野さんが狙撃の準備をすすめてる。柏木さんやレジカウンターや雑誌の棚が邪魔で狙いにくいけど、いざとなったら強行突入するから、そのつもりでいてくれって）

そうだろうな、と、柏木は小さくうなずいた。覚悟はしていたものの、緊張とストレスがずっしりと胃にのしかかる。

せっかくおさまっていた胃痛が、ぶり返しそうだ。

（とにかく柏木さんが動かずじっとしていてくれれば、一分以内に決着するってつり目の管理官が言ってたよ）

結花は精一杯、明るく言っているのだが、指先がかすかに震えている。

（あたしも、情報屋っていわれてる幽霊に協力を頼んできたの。あと一時間半くらいで情報がもらえることになってるから、何とか時間を稼《かせ》げれば……）

柏木は感謝の気持ちをこめて、結花に小さくうなずいた。

「一時間たったな」

壁にかけられた時計を見て、三田村がぼそりとつぶやいた。あと二分で十八時になる。

「先生はまだ来ないか」

「来ませんね……」

二人はガラスのむこうに目をやった。

見渡すかぎり警察官と報道関係者ばかりだ。ただ、報道関係者は徐々に店から遠ざけられている。

さっきからずっと柏木の携帯が鳴っているのだが、三田村は出ようとしない。

「あの、電話出ないんですか？　たぶん警察だと思うんですけど」

「どうせあとちょっとだとか何とか言って、引き延ばしをはかるつもりに決まっている。そしてこっちが疲れてうたた寝でもしたところを狙って、ふみこんでくるつもりだろう」

「そうかもしれませんね……」

柏木は弱々しい笑みをうかべた。

もし三田村が時間を区切らなかったら、秦野はきっと持久戦にもちこんだだろう。単独犯ということもあり、犯人が体力と集中力を失ったところで突入するのが一番手堅《てがた》そうである。

仮に樋口が協力を承諾《しょうだく》してくれたら、交渉のカードとして有効だろうか？　いや、三田村が樋口に危害を加える可能性がある以上、せいぜい電話説得といったところか。

だが、樋口は自分が殺されるとは思っていないはずだ、と、三田村は言っていた。樋口に会ってどうするつもりなのかという柏木の質問に三田村は答えなかったが、どうもこの男、口先だけでなく、本心から、樋口を殺すつもりなどなさそうな気がする。

「どうしても樋口先生に会わないといけないんですよね？」

「そうだ」

「まさか殺しちゃったりはしませんよね？」

「しないって言ってるだろう」

あいかわらず三田村はイライラしており、すっかりぶっきらぼうな態度になっているが、嘘はついていないような印象をうける。

三田村は殺害以外の何の目的で樋口と会うというのだろう。何か聞きたいことがあるのか、言いたいことがあるのか、それとも一発殴《なぐ》ってやりたいだけなのか。

そして何より、なぜ三田村がここまで樋口に執着するのかが気になる。いじめはなかったと樋口が裁判で証言したことが、どうしても赦《ゆる》せないのだろうか。だが、それだけではなさそうだ。もっとせっぱつまった事情があるのではないだろうか。たとえば、九年前の透君の死に、樋口が深く関わっていたことがわかった、とか……？

今、この瞬間も、特殊捜査室の同僚たちがいろいろ手をつくして調べてくれていることはわかっている。

だが、一番確実なのは、実際に三田村と樋口を会わせてみることではないだろうか。二人がぶつかれば、事態は大きく動くはずである。良い方にか、悪い方にかはわからないが。そしてそれができるのは、自分だけだ。

柏木は大きく息を吸い込み、両手をぎゅっと握《にぎ》りしめた。

「樋口先生がこちらに来てくれないのであれば、いっそ埼玉まで会いに行ってみてはどうでしょう？」

「何だと？」

三田村はけげんそうな顔で柏木を見た。

（柏木さん⁉）

結花もびっくりして声をあげる。

「警察に移動用の車を要求するんです。樋口先生の居場所はわかっているようですし、ここで待っているよりも、会える確率ははるかに高いと思います」

「車に乗りこもうとして店の外に出た瞬間に逮捕か？」

ずっと警察に待ちぼうけをくらわされているせいか、相当疑り深くなっているようだ。

「人質がいる間は大丈夫ですよ」

「自分が殺されたくないから、そんなことを言ってるだけなんじゃないの？」

三田村は額《ひたい》がくっつきそうなくらい顔を近よせてきて、低い声でささやいた。血走った大きな目がらんらんと光っている。

「それもないとは言いませんが、でも、私を殺したら人質がいなくなるわけですし、あっという間に警察が突入してきて終わりですよ。そうなれば樋口先生に会える確率はゼロになります。それよりはこちらから会いにいってみた方がましだと思いませんか？」

「だまされないぞ……」

三田村の目がきょろきょろと動く。息遣いが荒い。なかなか決心がつかないようだ。

「どうしても樋口先生に会わないといけないんでしょう？」

「…………そうだ。そうだな。その通りだ」

三田村はつぶやいた。

「行ってみるか」

三田村はずっと鳴り続けている携帯電話の通話ボタンを押した。

（柏木さん……何か考えがあるんだよね？）

柏木はまばたきを一回して答える。

（説明してよって言いたいところだけど、そういうわけにはいかないし……。とにかく三田村を樋口先生と会わせた方がいいってこと？）

　再びまばたきをする。

（そのことは捜査本部には言わない方がいい？）

　二回のまばたきで否定する。

（伝えた方がいいの？）

　結花は戸惑《とまど》い顔で首をかしげた。

（捜査本部に伝えたら、樋口先生を無理矢理にでも逃がそうとか隠そうとかしそうだけど
……でも、柏木さんとしては二人を会わせたいんだよね？）

　柏木はまばたきをしながら、結花にむかって小さくうなずいた。

（んー、つまり、樋口先生に会うのを邪魔しないでほしいって頼めばいいのね？）

　結花ののみこみがよくて助かる。柏木はほっとして、一回まばたきした。

（わかった。行ってくる！）

　結花はガラスの壁をすり抜けて店外へ出ると、すうっと舞い上がり、西から黄金色に染まりはじめた空へとけこんでいった。

五

十八時三分。

捜査本部の全員が食い入るような目で、テレビ画面をにらんでいた。ちょうど夕方のニュースの時間なので、三田村と柏木が何やら顔をよせあい、話しあっている姿が各局で中継されているのだ。

「いいかげん電話に出たらどうなんだ」

耳にヘッドセットを装着した秦野が、指先で机をはじきながらいらいらと言った。

犯人が柏木を刺そうとした瞬間、現場の判断で発砲してもかまわない旨、許可をだしてある。ただ、いきなりの射殺は好ましくないので、なるべく包丁を持つ手か腕を狙うようにとも指示済だ。

ようやく三田村が携帯に手をのばした。交渉に応じることにしたらしい。

「警視庁の秦野だ」

「さっきの人か」

三田村の声はスピーカーを通じて全員に聞こえるようになっている。

「そうだ。今、樋口先生はこちらにむかっている。三十分だけ待ってほしい」

「蕎麦《そば》屋の出前かよ」

三田村は、へっ、と、ばかにしたような声をだした。

「警察の言うことは信用できないね。どうせ樋口先生はこっちに来たくないって拒否してるんだろ?」

「そんなことはない」

まさか柏木が犯人に情報をもらしたんじゃないだろうな、と、秦野はひやひやしながら否定する。

「気がかわった。車を用意してくれ」

「車か……」

逃走用の車輌を犯人が要求してくるのは、想定の範囲内だ。

「わかった。どんな車がいい?」

「白い普通車かな。軽は勘弁してくれ。ガソリン満タンで。それから樋口先生の住所を教えろ。五分だけ待つ」

それだけ言うと、三田村は勝手に通話を終了した。

秦野は大きく息を吐く。

「突入は中止、白い普通車の用意を」

突入中止命令に、全員ほっとした様子を見せる。

「樋口先生の住所はどうしますか？」

「教えてやれ。樋口はホテルにでも避難させればいい」

捜査員の質問に、秦野は気前よく答えた。

柏木の頼みをきいてやる義理はないが、あらかじめ目的地がわかっている方が追跡しやすい。

「よかった、柏木ちゃんってすごく運が悪いところがあるから、犯人と一緒に撃たれちゃうんじゃないかって心配だったのよ」

「ケンタってうっかり犯人の前に出るとか、しそうよね」

珍しく伊集院と高島の意見が一致した。

「それにしても、自分から樋口先生を殺しに行くなんて、やっぱり透君のことですごく恨《うら》んでいるのかしら」

伊集院は両手を頬《ほお》にあてて、頭を小さく左右にふる。

「埼玉へ行くと見せかけて、逃走をはかるという可能性はありませんか？」

「いや」

渡部の問いに答えたのは、会議室にいるはずの三谷だった。

「今、及川君が戻ってきた。柏木が犯人に、樋口が来てくれないのなら、こちらから会いに行こうと提案したそうだ」

三谷の話に、捜査本部の刑事たちは当惑を隠せない。現職の刑事が、犯人に助言をするなどありえないことだ。

「柏木は一体どういうつもりでそんな勝手な提案をしたんだ⁉」

秦野は怒りまかせに、バン、と、机を殴った。

（やっぱりみんな怒ってる……）

結花はおろおろするが、どうしようもない。

「詳《くわ》しいことはわからんが、柏木なりに何か考えがあってのことらしい。とにかく三田村が樋口先生に会うのを邪魔しないでほしいそうだ」

「もしかして、柏木ちゃん、何かつかんだのかしら？」

「そうね、ケンタは理由もなく無茶をできるほど度胸のすわった男じゃないし」

「だが樋口に万一のことがあったらどうするのかね⁉」

「そんなことにならないよう君たち警察が守ればいい。自信がないのか？」

挑発的な態度の三谷を、秦野はキッとにらんだ。

「ところで残りあと四分ですけど？」

秦野はまだ何か言いたそうだったが、高島の注意喚起《かんき》に、わかっている、と応じ、軽く息を吐く。

「とにかく、埼玉県警と清水君たちに連絡をとって、樋口に十分な警護を」

捜査本部が慌《あわ》ただしく対応におわれる中、桜井がそっと後方のドアから入ってきた。

「ちょっと写真透視が煮詰まったんで、三田村の元奥さんがいる取調室をのぞいてきたんですよ。そしたら、庄司淳史君が亡くなった日には、三田村靖は光《ひかり》が丘《おか》の病院にいたはずだって言うんです」

「おやおや、アリバイ成立ですか」

渡部は目をしばたたく。

「三田村は五月中旬に手術をうけて、その後、入院してたらしいです」

「庄司が練炭を使って殺されたのは五月二十三日から二十四日にかけて。手術をうけたばかりの身体で病院を抜けだし、光が丘から千葉の海岸まで行って殺人を実行するのは難しそうね」

高島の意見に、伊集院は不満そうな顔をする。

「でも、小川君ともめていた男からは病気のにおいがしたっていうから、ますます三田村さんにぴったりよ？」

「可能性としては二つですね。三田村には共犯者がいるか、あるいは、三田村とは無関係の第二の犯人がいるか」

「一体どないなってるんでしょうね」

刑事たちは考え込んだ。

第六章　幽霊の情報屋

一

十九時二十五分。

窓ガラスをすり抜け、展望レストランに結花がとびこむと、情報屋は二時間前と同じ場所に立っていた。

ミツルの背後には、すっかり夜のとばりにおおわれた東京の街並みがひろがっている。

ひときわはなやかな新宿の高層ビル群、住宅街のマンションにともるあたたかな灯り、せわしなく動きまわる自動車のライト。

（どう⁉　何かわかった⁉）

結花が尋ねると、ミツルはふり返ってふわりと笑う。

（まだ二時間たってないよ、お嬢さん）

（まだ情報収集中？）

（いや、だいたいわかったところ）

（本当に⁉）

結花はぱっと顔を輝かせた。

（ここはうるさいから、場所をかえようか）

夜景目当てのカップルなどで、レストランはまあまあ混んでいる。

（あら、あなた地縛霊ってわけじゃないのね？　じゃあ一緒に柏木さんのとこに来て。その方が時間の節約になるから）

（え？）

（こっち。早く）

結花は窓ガラスを通り抜けた。ミツルも結花の後を追って、建物の外に出る。

（どこまで行くの？）

結花と並ぶようにして飛びながらミツルは尋ねた。

（行けばわかるわ。とばすわよ）

（せっかちなお嬢さんだなぁ）

ミツルは苦笑する。

待ってて、柏木さん！

結花は心の中で柏木によびかけた。

二

十九時四十六分。

練馬区とは県境をはさんで隣接している朝霞市に樋口は住んでいた。マンションの建設現場から歩いて十五分ほどの場所で、住宅と工場が混在する地区である。

柏木が運転する車は、暗く狭い路地をそろそろとすすんでいく。

最初は十数台の報道関係の車が追ってきていたが、いつのまにか全ていなくなっていた。追跡をふりきるような運転はしていないが、もしかしたら警察の要請で、追跡を自《じ》粛《しゅく》したのかもしれない。さすがに覆面パトカーが数台、さりげなく距離をおいて柏木たちの車を取り囲んでいるが、三田村は気づいていないようだ。

「あった、片倉《かたくら》荘。あれが樋口先生が住んでいるアパートじゃないでしょうか?」

柏木が指さしたのは、外付けの階段がついた、古くて小さな二階建てのアパートだった。おそらく風呂もついていないだろう。

「よし、このへんで止めろ。おりるぞ」

「はい」

　三田村の指示通り、ドアをあけて外にでる。

　昼間の暑さが嘘のように、吹きぬける風が涼しい。

　柏木は包丁をつきつけられての、しかもかなり久々の運転で疲労困憊《こんぱい》である。練馬に長いこと住んでいる三田村が道を知りつくしていたので、迷うことはなかったが、よく無事に樋口のアパートまでたどりつけたものだ。

　ただ、運転中は両手を縛《しば》るネクタイをほどいてもらえたので、それだけは嬉しかった。

「警察はいないようだな」

　三田村は慎重に周囲を見回した。

　もちろん樋口の部屋やその両隣をはじめ、周辺に多数の捜査員が配置されているはずなのだが、不気味なくらい静まり返っている。

「樋口先生と二人で話したいんだけど、ここで待っててって言ったら、お兄さん逃げるよね？」

「あー、ええ、たぶん」

　柏木は曖昧な笑顔で答えた。

　人質としては当然、ダッシュで逃げだすべきなのだが、刑事としては、万が一にも三田村が樋口に危害を加えたりしないか、このアパートにとどまり、見張らぬわけにはいかないのだ。

「じゃあ、やっぱり一緒に来てもらおうかな」

「話の邪魔はしないとお約束します」

「うん」

三田村は再び柏木の両手をネクタイで縛り、脇腹に包丁をつきつけると、樋口が住んでいる一〇三号室のドアをたたいた。柏木はぎゅっと右手を握《にぎ》りしめ、今にも倒れそうな自分の身体に気合いをいれる。もしも室内から捜査員がとび出してきて、三田村をとりおさえようとしたら、刺されるかもしれないのだ。

しばらくすると、ドアが五センチほどあけられた。陽焼けした男の顔の一部が見える。こざっぱりと刈り上げた頭髪は大部分が白く、眼鏡の奥の瞳は、物悲しげな憂《うれ》いをたたえている。

「三田村さん……」

「お久しぶりです、樋口先生」

三田村は丁寧に頭をさげた。どうやら樋口本人だったようで、柏木はほっとする。結花を通して、樋口に会うのを邪魔しないでくれと頼んではあったが、はたして秦野が聞きいれてくれるか不安だったのだ。

「こちらこそ、ご無沙汰しております」

樋口はドアを三十センチほどあけ、丁重に挨拶《あいさつ》を返す。

「ところでこの方は?」

柏木を見ながら樋口は尋ねた。

樋口からは柏木の脇腹にむけられた包丁は見えないようだ。

「何と言うか、その、知り合いです」

三田村は適当にごまかそうとする。

「もしかして、コンビニで人質にとった人ですか?」

樋口に問われて、三田村はうつむいた。

「ご存知でしたか……」

「警察から聞きました。私に会いたいと要求されたそうですね」

「先生……」

三田村はごく小さな声でささやいた。

「庄司君たちを殺したのは先生ですよね? もう、十分です。もう、やめてください……」

三田村の言葉に柏木は愕然《がくぜん》とした。

庄司というのは、練炭《れんたん》自殺に偽装して殺された同級生の名前だ。

三田村が殺したのではなかったのか!?

いや、三田村が樋口に罪を着せようとしているのかもしれない。

柏木は息を殺して樋口の反応を待った。

「三田村さん、私は全てが終わったら自首するつもりです。でも、今はまだだめです。まだ終わっていません。あと一人残っています」

樋口の肯定の言葉に、柏木は両手を握りしめた。

連続殺人犯は樋口なのか⁉

だが、なぜ樋口が⁉

「先生、お願いです……！　透は本当に先生のことを慕《した》っていました。先生がこんなことをしていると知ったら、どんなに悲しむことか……！」

なおも三田村は言い募《つの》ろうとしたが、樋口は頭を左右に振った。

「何もかも私の過《あやま》ちでした。私は、自分で自分の過ちを正さねばなりません。これは私の、教育者としてのけじめなのです」

樋口は深く穏《おだ》やかな声で、きっぱりと宣言する。その瞳は、物悲しそうでありながら、かけらの迷いもない。

「先生、もういいんです、もう十分です！」

三田村は樋口の腕をつかみ、必死で語りかける。

樋口は自分の腕をつかむ三田村の手をそっとはずすと、小さく息を吐いた。

「三田村さん、気をつけてください。あなたが人質にとったその男、警視庁の刑事ですよ」

「えっ⁉」

　樋口の言葉に、柏木の胃はぎゅっと縮こまった。

　そうだ、日本中の人に知られたから気をつけろと結花に言われていたのだ。

　おそるおそる三田村を見ると、当惑して、目をしばたたいている。

「まさか。こんな胃の弱い男が刑事のはずがありませんよ。そもそもこの人は東京都の公務員……」

　否定しながら、自分で気づき、はっとした表情になった。

「警察官も公務員か……！」

　樋口は一歩後ろにさがると、柏木にむかって両手で包丁をかまえる。

「今まで、おれをだましていたのか⁉」

「そういうつもりではなかったんですけど……」

　怒りに満ちた赤い顔でにらみつけられ、柏木の全身から血の気がひく。

　今度こそ、刺されるかもしれない。

　恐怖で身がすくむ。

　逃げないといけないのに、足が動かない。

　その瞬間、勢いよくドアがあけ放たれた。樋口が外にかけだす。

　肩から腕にかけてドアをぶつけられた三田村は、前のめりに倒れこんだ。柏木の腹にむかって刃先が突きだされる。

柏木はとっさに身体をひねり、刃先をよけながら三田村の手をつかもうとするが、手首を縛られているためうまく動かせない。

「あぶない！」

周辺にひそみ、様子をうかがっていた刑事たちが一斉にとびだしてきた。

刃先が上着をかすめ、胃に衝撃が走る。

刺された、と、思った瞬間、三田村の動きが止まった。

柏木がゆっくりと後ろに倒れこむのを、驚愕《きょうがく》の表情でじっと見ている。

「三田村をとりおさえろ！」

「確保だ！」

怒号がとびかう中、呆然《ぼうぜん》とする三田村はあっという間にとりおさえられて、凶器をとりあげられた。

（柏木さん、大丈夫⁉）

すべるようにして上空からおりてきたのは結花だった。真っ青な顔で、半べそをかいている。

「なんとか無事だよ。ありがとう」

倒れたまま、柏木が弱々しい笑顔で答えると、結花はぺたんと地面に座りこんだ。

（よかった……！）

気が抜けたのだろう。ぽろぽろと涙をこぼしながら、きれいな笑みをうかべる。

結花に続き、見知らぬ幽霊の青年が姿をあらわした。

（あぶないところでしたね。間に合ってよかった）

「もしかして、君たちが三田村の動きを止めてくれたのか？」

（ええ）

青年幽霊は笑顔でうなずく。

「柏木、生きてるか⁉　怪我は⁉　腹を見せろ‼」

清水がかけよってきた。

柏木はなけなしの力をふりしぼって、身体をおこす。

「おれは大丈夫です。それより樋口先生を追ってください。樋口先生が連続殺人犯だったんです！」

「なんだと⁉」

柏木は樋口が逃走した方向を見たが、その姿は夜闇の中に消え去った後だった。

三

十九時五十分。

柏木は半日ぶりに自由になった身体を思いっきりのばした。両手を夜空にむかってひっぱり、爪先立ちをしてみる。

倒れた時にうった背中が痛いが、動作に支障はない。

「腹は減ってないか？」

清水が心配そうに問いかけてくる。

「コンビニのうどんやヨーグルトを食べていたので、お腹は大丈夫ですが、とにかく疲れました」

「災難だったな」

「まったくですよ」

柏木はしみじみとうなずく。

「さて。秦野さんから至急戻ってこいと厳命されてるから、すぐに練馬署に戻るぞ」

清水が黒いセダンのドアを開きながら言った。屋根の上にはパトランプがのっている。

「捜査本部ですか？　人質が解放された場合、まずは病院で健康チェックを受けるものじゃありませんでしたっけ？」

「おまえは特別待遇らしいぞ」

「ははは……」

柏木は疲れた身体に鞭打《むちう》って、後部座席に乗りこんだ。清水は助手席に腰をおろす。

（あたしたちも乗せてもらっていい？　練馬からフルスピードで飛んできたから、もうへとへとなの）

結花が車外から声をかけてきた。

「一緒に幽霊を二人乗せてもいいですよね？　気になりますか？」

「幽霊⁉」

運転席で缶コーヒーを飲んでいた町田が、ぎょっとした顔をする。

「どうせおれたちには見えないから気にするな。五人でも十人でもどうぞ」

清水は慣れたものなので、さっさとシートベルトをしめて煙草《たばこ》に火をつける。

「だそうだよ、お二人さん」

柏木が奥につめると、結花ともう一人の幽霊がドアをすり抜けて乗りこんできた。

（おじゃましまーす）

明るく結花が言う。

「い、今、この車の中に二人も幽霊がいるんですか？」

「ええ、まあ」

（いまーす）

（いるよ）

町田の問いに、面白がって幽霊たちも返事をする。

「うーん、見えないなあ……鏡にもうつらないのか……」

町田はしきりに車内を見回したり、ルームミラーを確認したりしているが、残念ながら霊感体質ではないようだ。

「いいからさっさと車を出せ」

「はい」

清水に催促《さいそく》されて、町田はカーナビを練馬署にセットし、車を発進させた。

「で、樋口が連続殺人犯っていうのは一体どういうことだ？　おれは三田村が息子の復《ふく》讐《しゅう》をしてるらしいって渡部さんから聞いてたんだが」

清水は助手席の窓をあけながら、柏木に尋ねる。

「詳《くわ》しいことはおれにもさっぱりなんですが、どうも、透君の同級生三人を殺したのは樋口先生らしいんですよ。三田村がもうやめてくださいって懇願《こんがん》しはじめた時は、おれもびっくりしました」

「三田村の勘違いじゃないのか？」

「いえ、樋口先生本人も犯行を認めていました。実際に逃げたのが何よりの証拠です」

「それもそうか」

清水は窓の外に白い煙《けむり》を吐きだし、うなずいた。

「しかし、どうして樋口が昔の教え子たちを殺したんだ？」

「自分の過ちは自分で正す、とか、教育者としてのけじめをつける、みたいなことを言ってましたけど」

「よくわからんな。過ちっていうのは裁判でいじめはなかったと証言したことか？　それともいじめの相談を受けていたのに、何もしないで放置していたとかじゃないだろうな」

指にはさんだ煙草を、とんとん、と額《ひたい》にあてる。

「だからって殺しませんよね、普通」

「本人をつかまえて吐かせるしかないな」

まさか樋口が殺人犯だったとは、さすがのおれも全然気づかなかったよ、と、清水はしみじみとぼやいた。

「ん？　じゃあ、三田村のコンビニ立てこもりは一体何だったんだ？」

「どういうわけだか樋口先生が連続殺人を犯していることに気づいた三田村が、これ以上罪を重ねさせないよう説得するためにコンビニに立てこもったみたいです。いくらせっぱつまっていたとはいえ、もうちょっと平和的な方法で樋口先生にコンタクトをとってもらえると、ありがたかったんですけどね」

柏木は苦笑いで答える。

（全然関係ない柏木さんを巻《ま》き添《ぞ》えにするなんて、ひどすぎるよ！）

隣で結花が怒っているが、柏木には、もう、怒る気力も体力も残っていない。

「とんだとばっちりだったな」

「まったくですよ。牛乳を買いに行ったばっかりに、あやうく刺されるところでした。カイロをはっていなかったら、今ごろ救急車でしたね」

「カイロ？」

「ええ」

柏木はワイシャツの下から、穴のあいた使い捨てカイロをひっぱりだして見せる。

「おいおい、カイロなんてはってたのか」

「店内に二人きりだと、すごく冷えるんですよ。胃はキリキリ痛むし。でもエアコンの温度をどこで設定しているのかわからなくて」

たまたま棚の奥に売れ残りが押し込められているのを見つけ、気休めで胃の上にはっていたのだが、まさか命を救われるとは思わなかった。

「しかし、おまえが立てこもり犯に、樋口に会いに行こうとそそのかしたって聞いた時は仰天《ぎょうてん》したが、思わぬ大収穫だったな」

「あのままコンビニにいても三田村は何も話してくれそうにありませんでしたし、樋口先生への殺意も感じられなかったので、それならいっそ、と、思ったんですが、まさかこんな展開になるとは、正直、予想もしていませんでした」

「結果オーライなんじゃないの？」

清水はニヤリと笑う。

「でもよく秦野さんが、三田村と樋口先生を会わせるのを許可してくれましたね。ドアをあけた瞬間、中から捜査員たちが出てくるんじゃないかと覚悟していたんですが」

「秦野さんは樋口をホテルか所轄署で保護するつもりだったんだが、本人が断固拒否したんだよ。今にして思えば、警察に保護されたら逃げられなくなるって計算だったんだろうな。自宅周辺の方が土地勘もあるし」

「ああ、なるほど。それで、樋口先生は見つかりそうですか？」

「どうかな。埼玉県警に頼んで緊急配備をしいてもらったが、狭い路地まで封鎖しきれるもんじゃないし、このへんに詳《くわ》しい人間だとすり抜けてしまうかもしれん」

「樋口先生は、あと一人残っています、って言ってました。透君をいじめていた同級生で、まだ生きている子が一人だけいますよね？　おそらくその子も殺すつもりなんじゃないでしょうか」

樋口の物悲しそうでありながら迷いのない瞳が、柏木の脳裏に焼きついている。

「竹内悠、だったか。今日は朝から出かけていて、居所がつかめないらしい。今、桜井君が捜しているところだ」

「そうですか」

（あの……柏木さん、今さらいらないかもしれないけど、情報屋さんに、三田村透君の件

を調べてもらったの）

結花がおずおずと切りだした。

そうだ、情報屋に頼んだと聞いた覚えがある。

ということは、この一緒にいる細身の青年幽霊が情報屋なのか。

「すみません、結花が話があるそうなので、しばらく独り言っぽくなりますが気にしないでください」

「どうぞ」

「噂《うわさ》の美少女幽霊ですね！」

清水は慣れっこだが、町田は興奮気味である。

（えーと、ミツル、お願い）

結花にうながされ、じゃあ、と、青年が話しはじめた。

（三田村透君の事故があった頃、たまたまいじめっ子の一人に取り憑《つ》いていた幽霊が見つかりました。あの時の事故は事故だけど、普通の事故じゃなかったみたいですね）

「やっぱり自殺だったってこと？」

（肝試《きもだめ》しごっこという名目で、赤信号の横断歩道につっこむよう同級生たちに強要された結果、自動車にはねられて死んだんですよ）

「深夜の環七に……？　それじゃ……事故は事故でも、一種の他殺だよ」

柏木は絶句した。

環状七号線は陸橋が多いせいもあって、交通量のわりに渋滞が少なく、スピードをだしやすい。しかも日中にくらべ、さらにスピードをだしやすく、視界がききにくくなる深夜で。そんな所で、何が肝試しだ。事故がおこらないはずがないではないか。

（そうかもしれませんね）

ミツルは肩をすくめる。

（補足情報ですが、肝試しには他のバージョンもあって、本屋で万引きをしてくるよう強要された子や、親の通帳からこっそり預金をおろしてくるよう強要された子もいたようです。どちらもいじめの典型的パターンで、あまり独創性はありませんね）

柏木が通訳すると、清水と町田も顔をしかめた。

「許せんな。警察なめんなよ」

清水はギュッと煙草の吸い殻を握りつぶす。

「詳しい事情をきくためにも、竹内悠は渡せませんね」

「ああ。樋口に殺される前に、絶対こっちで確保してやる」

三人は大きくうなずいた。

第七章　幽霊係、復活

一

二十時十八分。

練馬署ではほとんどのフロアの明かりが、こうこうと輝いていた。玄関付近には報道陣がびっしりつめかけている。

柏木たちが車をおりると、ねぎらいの言葉とともに、お宮の間の面々が集まってきた。

「柏木君、お疲れさまでしたね」

「でもまだ倒れちゃだめよ、ケンタ」

「よく無事に帰ってきたわね。疲れたでしょ。ハーブティーはいかが？」

順に、渡部、高島、伊集院である。

「カッシー先輩、疲れた時は甘いものが欲しいですよね？　ひやしあめありますよ」

冷えた瓶《びん》を一本さしだしてきたのは、例によって桜井だ。

「ああ、ありがとう。それで、竹内悠の居場所はわかったのか？」

竹内悠と聞いて、桜井はため息をついた。

「最新の透視ではブランコとジャングルジムと砂場のある公園が見えたので、今捜査員の皆さんが手分けして捜してるところです。どうもうろうろ動き回ってるみたいで、透視するたびに違う場所が見えるんですよ」

十分に一度透視させられて、さすがの桜井もまいっているようだ。

「ブランコとジャングルジムと砂場のある公園なんて、都内だけでも数えきれないくらいあるから大変よねぇ」

伊集院が右手を頬《ほお》にそえて言った。かわいらしく曲げられた小指がなんとなく懐かしくて、思わず笑みがこぼれる。

「凍死者《とうし》がでた公園は捜しましたか？　ええと、小川太一でしたっけ」

「その公園には、あたしたち、三谷さんと行ったんだけど、砂場も遊具もなかったわ」

柏木の問いに、高島が肩をすくめて答えた。

「そうですか。ところで、三田村さんはどうしていますか？」

「先ほど到着して、早速取り調べが開始されているようですよ。のぞいてみますか？」

「じゃあ、ちょっとだけ行ってきます」

渡部に三田村がいる取調室の場所を教えてもらい、柏木は取調室にむかった。

狭い取調室は満員御礼だった。大勢の刑事たちにとりかこまれ、三田村はうつろな目をしている。放心状態のようだ。緊張の糸が切れたのだろう。帽子とマスクをつけていないせいもあって、ずっと一緒にいた三田村とは違う男のように感じる。

「どこまで話したんですか？」

一番ドアの近くに立っている刑事に尋ねる。

「もうずーっとだんまりだよ。今さら何を黙秘してるんだか」

刑事は頭を左右にふった。

灰色の机をはさんで三田村のむかいに腰かけている年配の刑事も、困り顔である。

「あの、三田村さん」

柏木が声をかけると、三田村はのろのろと顔を動かし、柏木の方を見上げた。

「……お兄さん、本当に刑事だったんだな」

「あの状況だと言いだしにくくて。だますつもりはなかったんですけど、すみません。警視庁の柏木といいます。つもる話もあるので、五分だけかわってもらっていいですか？」

柏木が頼むと、五分だけだよ、と、席を譲《ゆず》ってくれた。三田村のむかいに腰をおろす。

「変な言い方ですけど、お疲れさまでした」

柏木が深々と頭をさげるのを、三田村は無表情で見ている。

「身体が弱い男のふりをしていたのは演技だったのか？」

「違います。胃が弱いのも、事情聴取が朝までかかって徹夜になったのも、冷蔵庫に何も食べるものがなくて腹ぺこだったのも、全部本当です。あのコンビニに入ったのは、まったくの偶然でした」

「そうか」

取調室の隅《すみ》で、記録係がぷっとふきだす。

「三田村さんは全然レジのお金に手をつけようとしなかったし、最初から樋口先生を警察に捜させることが目的で私を人質にとったんですよね？」

柏木はさりげなく、つもる話のふりをして事件の話に誘導してみた。

「刑事には見えなかったからな」

「そんな無茶なことをしないでも、樋口行男が元教え子たちを殺しているかもしれないから捜査してくれって、警察に相談してくれればよかったのに」

「もし本当に樋口先生が犯人だった時、逮捕されてしまうじゃないか。だから警察には内緒で説得したかったんだ。あとで先生に何の話があったんだって警察にきかれても、裁判の証言について不満があったとか言って、適当にごまかすつもりだった。人質には耳栓でもさせておけば聞こえないだろうしさ」

うーん、と、柏木は考えこんだ。

「そもそも、庄司淳史と小川太一が樋口先生に殺されたことをどうして知ってるんですか？」

一人は練炭《れんたん》自殺で、一人は凍死とされているのだ。

「最初のきっかけは、六月十日に、笹野賢也がうちに訪ねてきたことだった」

今年に入ってから小川と庄司が立て続けに死んだのは、三田村の仕業ではないかと笹野は疑っていた。透の月命日である二十三日前後に二人が死んだからだ。そして次に狙《ねら》われるのは竹内か自分に違いない。殺《や》られる前に殺れというつもりだったのだろう。ずっとポケットにいれていた右手は、ナイフを握《にぎ》っていたようだった。

「でも、六月八日まで私は病院で手術をうけて入院していたから人殺しなんて無理だ。嘘だと思うなら、光が丘の大学病院で聞いてみてくれ。そもそも二人が亡くなっていたことすら君から聞くまで知らなかったくらいで、私に殺されたなんて思い過ごしにすぎない、と説明したら、拍子抜けした様子で帰っていったよ」

その時はまだ三田村も、二人の死は偶然だと思っていた。

ところが数日後、笹野が行方不明になったと聞いたのである。

「もしかしたら笹野が言っていたことは妄想ではなかったのかもしれない、という疑惑がわきおこった」

三田村は乾いた唇をかんで、両手をぎゅっと握りしめた。

「だが誰がそんなことをしているのか、皆目見当もつかなかった。そんな時、たまたま病院の待合室で樋口先生を見かけたんだ。あれは先週の水曜だったかな」

すっかり陽に焼け、髪も白くなっていたが、間違いなく樋口先生だった。もう何年も前に四国の実家に帰ったはずなのに、いつのまに戻ってきていたのだろう。

「もしかして、樋口先生じゃありませんか？」

三田村が声をかけると、樋口は一瞬、しまった、という顔をした。だがすぐに表情を消すと、目礼し、無言で立ち去ってしまったのだ。

いつも礼儀正しかった樋口先生にしては妙だなと感じたが、支払いがあったので追いかけるわけにはいかなかった。

「その日の夜になって、そういえば樋口先生は小川君たちが死んだことを知っているのだろうか、と思い、連絡先を知っていそうな人にあたってみた。ところが樋口先生が四国から戻ってきていることを、誰も知らなかったんだ」

不吉な胸騒《むなさわ》ぎがした。

三田村は興信所に頼んで樋口の行方を捜してもらった。しかし、民間の興信所の力では短期間で現住所をつきとめることはできなかった。

わかったことと言えば、四国の親族に、東京でやり残したことがある。教師として最後の務めをはたしたい、と言い置いてこちらに戻ったということだけだ。しかもその親族たちにさえ、樋口は転居先の住所を教えていなかった。

これ以上はうちでは無理です、警察だったら捜しだせるかもしれませんが、というのが探偵の結論だった。

「私自身、息子を死においやった彼ら四人のことをどれだけ憎んだかしれない。自分たちは仲の良い友だち同士だったとぬけぬけと証言された時には、殺意すらおぼえたよ。だから、私のかわりに四人に復讐《ふくしゆう》してくれている樋口先生を警察に密告するような真似《まね》はできなかった。だが、彼らにも親がいる。突然子供を失った親の悲しみを誰より知っているのは私だ。だから、何としても、これ以上の殺人はやめさせたかった」

「それで、警察を動かすために、コンビニへ立てこもったんですか。無茶しますね。他の興信所に頼んでみれば、樋口先生を捜しだせたかもしれないのに……」

柏木の言葉に、三田村は疲れた笑みをうかべた。

「そうかもしれないな。だが、私にはもう時間がないんだ」

「え？」

「言っただろう、六月八日まで入院してたって。今は在宅療養《りようよう》に切り替えてもらっているが、治ったわけじゃないんだ。だから会社も辞めた」

「…………」

柏木は息をのんだ。

三田村のひどくやせて、目ばかりがらんらんと輝く顔が、その言葉が嘘でないことを物語っている。

「あ、そうそう、マスクをしてもいいかな？　今、風邪やらインフルエンザやらをもらったらすごく危険だから、外ではマスクしてろって医者に言われてるんだよ」

「もちろんどうぞ」

柏木は即座に承諾《しょうだく》した。てっきり自分の顔、ひいては身元を隠すためのマスクだとばかり思っていた。まさか三田村が重病人だったとは。

そういえば、体型も顔立ちも九年前の写真とはかなり違うと結花が言っていた。もちろん年齢的なものもあるだろうが、おそらく病気で急激にやせたのだろう。

「ありがとう」

三田村はゆっくりとした手つきで、マスクのひもを耳にかける。

よく見ると、血管が浮きでた細い手だった。この手でずっと包丁を握り続けるのは、さぞかしつらかったに違いない。

柏木は思わず視線をそらす。

「今日は透の命日だ。樋口先生が最後に残った竹内悠を殺すとしたら、今日決行する可能性が高い。だが私は弱い人間だから、ぐずぐず迷って、なかなかコンビニに入ることもできなかったし、君を人質にとってからも、樋口先生の名前を警察に告げるべきかどうか、迷い続けていた……」

三田村は嘆息《たんそく》をもらした。

「いじめはなかったと裁判で証言していた樋口先生が、一体どういう心境の変化で、彼らを粛清《しゆくせい》しはじめたのかは皆目見当がつかない。だが、君も聞いただろう？　あと一人という言葉を」

土気色《つちけいろ》の顔で、それでも三田村は話し続ける。

「先生を止めてくれ。あの人は必ず今日中に竹内悠を殺そうとするはずだ。警察に知られたとなると、なおさら来月にはのばさないだろう」

フレンドリーでも、イライラでも、荒々しくもない、真剣な口調。

「わかりました」

柏木はぎゅっと右手を握り、大きくうなずいた。

二

二十時二十五分。

柏木はおそるおそる捜査本部に足を踏み入れた。

逃走中の樋口と行方不明の竹内の捜索で、広い室内は慌《あわ》ただしい雰囲気につつまれている。

「おや、柏木君、無事だったのかね」

秦野は中指で眼鏡のフレームを押し上げながら、開口一番、嫌味を言った。

捜査の指揮をとっている秦野が、柏木が無事に練馬まで戻ってきたことを知らないはずがない。

「おかげさまで。ご迷惑をおかけしました」

「まったくだね」

はっきりと言われ、胃がキリッと痛む。

「桜井君、写真透視はどうなのかね？」

先に捜査本部に戻った桜井は、またも最新の透視をさせられているらしい。

「竹内はまだ公園にいて、樋口の方は電車で移動中です」

「電車？　どのへんを走っている車輛か、車窓の景色から特定できないのか？」

「夜景が見えましたが、関西人なのでどこの場所なのか全然わかりませんでした」

桜井は堂々と答えた。東京に引っ越してから二年もたつのに、警視庁と東京ドームと神《じん》宮《ぐう》球場以外、ほとんど行ったことがないのである。

「あいかわらず中途半端な情報だな。いくら被疑者を特定できても、逮捕、立件できないことには何にもならないんだよ」

「せや、いっそのこと市民から情報を募《つの》ってみるのはだめですか？　電車の中でも携帯電話やタブレット端末でニュースを見ている人がいるかもしれませんよ」

我ながらグッドアイデア、と、桜井は自信満々である。どうやら秦野の嫌味は空振りに終わったようだ。

「だめだ。逮捕状もとっていないのに公開捜査なんかしたら、人権問題に発展しかねない」

「あー、そうか。てっとりばやいと思ったんですけどねぇ」

「いや、それはいいアイデアかもしれません。もちろん樋口を指名手配するわけにはいきませんが、保護目的で竹内を捜すのに使えるんじゃないでしょうか？」

口をはさんだのは清水である。

「樋口が竹内を狙っているという確たる証拠もないのに情報を募るには、上の許可をとるのに相当の時間がかかるぞ。当然マスコミは、なぜ彼が狙われているのか、被疑者は誰なのか、根掘り葉掘り聞いてくるだろうし」

「警察が公式発表しなければいいんでしょう？」

清水はいたずらっぽく笑った。

清水が会議室のドアをあけると、三谷はテーブルに肘《ひじ》をついてテレビをながめており、七尾はうたた寝をしていた。さすがにもう話すこともなくなったのだろう。

「おい、三谷、起きてるか？」

「ん？　やっと帰してくれるのか？」

「帰る前にひと働きしてほしい」

「まだこき使う気か。柏木が戻ったんだから、もう私をあてにするのはやめてくれ」

三谷はうんざりした様子で鼻にしわをよせた。

「おまえ、生きている人間って捜せるか？　竹内悠っていう二十三歳の青年が連続殺人犯に狙われているから、一刻も早く保護しないとならないんだが」

「あいにくだが生きている人間はおれの管轄《かんかつ》外だ。おまえたちで捜せ」

三谷はにべもなく断った。

「やっぱりそうか」

「あたりまえだ。おれは霊能者だぞ」

「そうだよな。じゃあ、時間も遅いし、そろそろ帰ってもいいぞ。お疲れさん」

「あ、あたしも帰っていいですか？」

寝ぼけまなこをこすりながら、七尾が尋ねる。

「かまいませんが、立てこもり事件に関してはまだ完全解決していませんから、発言は控《ひか》えてくださるようお願いします。特にテレビには気をつけてください」

前科のある七尾には、丁寧ながらも強い口調で念を押した。

「わかりました」

七尾は素直にうなずく。

「やれやれ、ひどい目にあったな」

二人は立ち上がると、大きくのびをしながら、廊下に出ていった。

「表はまだマスコミでいっぱいだから、裏から出た方がいいぞ」

「わかったわかった」

背後から清水が声をかけると、三谷は面倒くさそうに手をふって答える。

二人がエレベーターを待っている間、清水は大急ぎで階段をかけおり、玄関脇の駐車場に先回りした。

大型車のかげで待っていると、案の定、三谷たちは堂々と正面玄関から出てきた。あっという間にマスコミに取り囲まれる。

「うむ。捜査協力を求められたのだ。だが事件に関しては、まだ話すことはできん」

「霊能者の三谷さんに要請《ようせい》があったということは、幽霊が関係ある事件なんですか？」

レポーターの質問に答えたのは七尾だった。つい五分前まで寝ぼけまなこだったのが嘘のように生き生きしている。

「三谷さんはすごい能力者ですからね。事件が一段落したら『週刊女性ライフ』の心霊特集号で詳《くわ》しくお伝えする予定ですが、さっきも連続殺人犯に狙われている青年を保護したいから捜してくれないかって頼まれたくらいですよ」

「え、連続殺人犯？　何ですか？」

他の取材陣も、どっと七尾のそばにおしよせてくる。

「おいおい、七尾君、だめじゃないか」

三谷が注意するが、七尾は全然意に介していないようだ。まったくこりない女である。

「あたしたちが口止めされてるのは立てこもり事件だけだから、大丈夫です」

「ん？　そうだったかな？」

「それに、ここであと一押ししておけば、きっと明日の朝は三谷さんの話題でもちきりですよ」

「悪くないな」

三谷も三谷で、あっさりと七尾にまるめこまれてしまう。

「すみません、連続殺人事件が都内でおこっているということですか？」

新聞記者の質問に、七尾はにっこりと笑顔で応じた。

「そうです。竹内悠君という二十三歳の青年が狙われているそうなので、心当たりの本人や家族の人は警察に連絡して保護してもらった方がいいと思いますよ。え、あたしですか？『週刊女性ライフ』編集部の七尾です」

七尾は絶好調で、首にまいたストールの端《はし》を指でくるくるともてあそびながらしゃべる。

「これは思わぬ情報ですね！」

「テロップを流した方がいいんじゃないか⁉」

蜂の巣をつついたような大騒動を後方から観察しながら、清水は煙草《たばこ》に火をつけた。肺の奥まで思いっきり吸いこむ。

「リーク成功」

煙を長く吐きだすと、満足げにつぶやいた。

三

二十時四十三分。

一服した清水が捜査本部に戻ると、大混乱におちいっていた。さばききれないほどの大量の通報が殺到していたのである。

「使えそうな情報はあるか？」

「それが、情報が多数寄せられすぎて、選別しきれません」

清水が尋ねると、町田は困り顔でため息をついた。

「うーん、作戦がききすぎたか。本人がニュースを見て、警察に保護を求めて来るのが一番助かるんだがな」

清水は顎鬚《あごひげ》をなでた。さすがに少しのびてきている。

「警察には来ないと思うわ」

苦々しい口調で言ったのは高島である。

「なぜです？」

「清水さんが埼玉に行ってる間に七尾さんに教えてもらって、四人のうちの誰かが書いたブログをチェックしたの。名前がサノッチだったから笹野かしら？　三田村透君が亡くなった後もあの四人はいじめを続けていたみたいね。いじめというよりは恐喝《きょうかつ》かしら。同級生や後輩の弱みを握ると、とことん脅《おど》して、万引きや援交を強要してた。特に裁判が終わった後はおおっぴらにやってたみたいよ。多少は誇張も混じってるのかもしれないけど、うんざりするような内容だったわ」

高島の話を聞いて、柏木が、ああ、と、同意した。

「それは誇張じゃなくて、ほとんど事実だと思います。幽霊から聞いた情報にも、同様のものがありました」

「つまり、なにかと後ろ暗いところのある竹内君としては、警察を頼りにするわけにもいかず、ひたすら逃げ回っているというわけですか。どうりであちこちを転々としているわけですねぇ」

渡部が嘆息をもらす。

「おかげで透視する僕は大変ですよ。ネットで犯罪履歴《りれき》を公開するくらいのあほの仲間なんやから、素直に警察に泣きついてくればいいのに。まあ、竹内が逃げ回っている間は樋口だって簡単には見つけられへんやろうし、安心かもしれませんけど」

桜井のうんざりした顔に、清水は苦笑した。

「じゃあまあ放っておいてもいいか、ってわけにはいかんだろう」

「シミー先輩は真面目ですねぇ」

「柏木が刺されそうになってるのに気をとられて、樋口を取り逃がしたからな」

すみません、と、柏木はぼさぼさの頭をさげる。

「リベンジですか。がんばってください」

桜井は肩の前で右手を握り、親指をたてる。

「うん。しかし今回の公園には長居してるな。もうちょっと特徴のある場所に移動してくれないと、捜しだすのが相当難儀なんだが」

「あの……」

柏木がおずおずと右手をあげた。

「つい最近まで四人はつるんでたんですよね？　もしかしたら、凍死した小川が竹内の行きそうな場所を知ってるかもしれません」

「おお、幽霊係復活か⁉」

清水が目を輝かせる。

「小川の幽霊がいればですけど」

「三谷を見て逃げだしたんだよな。あれから何時間もたつし、良い子は死に場所に戻ってたりするのかね？」

「わかりませんが、他にあてもありませんし、だめもとで行ってみようかと。樋口先生は必ず今日中に竹内君を殺そうとするはずだ、と、三田村さんが言っていたのが気になって、どうも落ち着きません」

もう身体は疲労困憊《こんぱい》でぼろぼろだが、捜査本部でじっと待っていられる気分ではなかった。今ごろ樋口も必死で竹内を捜しているはずである。

「おし、行ってみるか」

清水の言葉に、柏木はうなずいた。

二十一時十七分。

柏木たちは小川太一が凍死した公園に移動した。

たむろする若者もおらず、虫の声がまばらに聞こえてくるだけのもの寂《さび》しい場所だった。かすかに土と緑の匂いがする。

「たしか、この紫陽花《あじさい》のあたりだと七尾さんが言ってましたが、どうですか？」

渡部に問われて、柏木はゆっくりと周囲を見回した。

夜の闇にじっと目をこらす。

覚悟はしていたが、やはり小川太一の幽霊は亡くなった場所にいなかった。三谷を見て逃げ出したというし、地縛霊ではないのだろう。

だめでした、と、告げようとした時。柏木の目の前に、白い輝きがふわりとまいおりてきた。

「結花？」

（柏木さん、小川君の幽霊見つかったよ！　すぐにここに来るから、ちょっと待ってて）

「すごいな。どうやって捜したんだ？」

（あたしには無理。ミツルが情報網を駆使して、見つけだしてくれたの）

「あの情報屋の幽霊か。たいしたもんだな」

（お褒《ほ》めにあずかり光栄です）

結花の隣に着地すると、おどけた様子で胸に手をあててお辞儀をした。まるで外国の映画俳優である。

ミツルに続いて、無愛想な顔の幽霊があらわれた。大柄な身体に冬物の厚いコートをはおっている。真っ青な顔に、血の気のない唇。凍死した夜のままの格好なのだろう。

「君が小川太一君？」

（ああ）

柏木は手短に用件を説明した。

「どこか竹内君が行きそうな場所を知らないかな？」

（携帯の電波から居場所ってわかるもんじゃねえの？）

「もう何時間もずっと電波がつながらないんだ。どうも電源を切ってるらしい。単に電池切れなのかもしれないけど」

（二つとも？）

「二つ？　竹内君は携帯を二台持っているのか？」

（うん。家族も知らない、おれらとの連絡専用のを一台持ってる）

予想以上の収穫に、柏木は心の中で、やった、と叫ぶ。ふらふらの身体をひきずって新宿まで来たかいがあったというものだ。

「番号は覚えてる？」

（そんなわけないだろ。でも、おれの携帯の電話帳に、Uってのが入ってる。それが悠のセカンドだ。もうとっくに親が携帯処分してっかもしれねぇけど）

「君たち四人はよほど仲が良かったんだね」

「それにしても、携帯電話を仕事用とプライベート用で使い分けている人は多いけど、君たちとの連絡専用を持っていたなんて、君たち四人はよほど仲が良かったんだね」

（あー、いや、今だから言えるけど、悠は仕事をさせられてたんだよ）

「仕事？」

（まあ、ちょいやばめのパシリみたいなもんだな。これ以上は秘密だ）

小川は鼻先で嫌な笑い方をした。

だが、どうやら小川には自分が死んでいるという自覚があるようだ。柏木は思い切って尋ねてみることにした。

「ところで、その、君がこの公園で寝込んでしまった夜のことを覚えてるかな？」

（んー、飲みまくったから途中からは記憶がとぎれとぎれだな）

「誰と飲んでたか覚えてる？」

（ああ、樋口だよ。中二の時の担任）

やはり樋口か……。

柏木はぎゅっと右手を握りしめた。

(たまたまおれの行きつけの店でばったり会ったんだ。で、大学卒業が決まったたって言ったら、おごってやるから好きなだけ飲めとか言われたのさ。本当はあんなクソ真面目な年寄りと二人で酒なんか飲みたくなかったんだけど、昔の恩義があって、断れなかったたっていうか……形だけでも良い子にしてないといけない相手なんだよ。就職直前のビミョウな時期だったし)

昔の恩義というのは、要するに、裁判で証言してもらったことをさしているのだろう。

(でもその後は……いつ店を出たのかとか、どこまで樋口と一緒だったのかとか、よく覚えてないな……)

小川は首をかしげる。

ただでさえ死ぬ間際のことをちゃんと覚えている幽霊は少ない。その上、凍死するほど泥酔していたのだから、思い出せなくても仕方がないだろう。

「ところで、昔のことを聞いてもいいかな? 君たちが環七で肝試《きもだめ》しをしろって三田村透君に無理強いしたっていう噂《うわさ》を聞いたんだけど、本当のところはどうなの?」

(勘弁してくれよ。おれはああいうの嫌だったんだけどさぁ、庄司と笹野がやれやれってしつこく命令したんだよ。でも、うっかり透を助けるようなこと言ったら、かわりにおれが肝試しやらされるに決まってたし……)

小川は情けない顔でぼそぼそと言い訳をした。

竹内は仕事をさせられるために専用の携帯を持っていたという先程の発言といい、どうも四人の関係は複雑だったようである。

（あー、そうだ、今思いだしたけど、なんだかあの夜、酒を飲みながら樋口は泣いてたぜ。おれの顔を見て透のことを思いだしたのかな？　ただの泣き上戸なのかもしんねえけど）

「樋口先生が……？」

樋口は、事故死においやられた三田村透に思いをはせながら、泥酔した小川を故意に公園に放置したのだろうか。

それとも、自分が手にかけようとしている小川を悼《いた》んで涙を流したのだろうか。

そもそも、三田村透の復讐をすることがどうして「過《あやま》ちを正す」ことなのだろう。

あの迷いのない瞳をした元教師は、やはり、何か重大な秘密を隠しているような気がしてならない。

（じゃ、おれ、もう行っていいかな？）

「ああ。話をきかせてくれてありがとう」

コートを着た幽霊がとけこんで消えた紫陽花の奥にむかって、柏木は静かに頭をさげた。

四

二十一時二十八分。

練馬署の捜査本部では、秦野がいらだった声をあげていた。

「桜井からの連絡はまだか⁉　十分おきに透視結果を報告するという約束をしたから、柏木たちと出かけさせたんだぞ！」

お宮の間の連中ときたら余計なことには精をだして捜査を邪魔するくせに、必要なことはしないのだから感心するね、と、激辛の嫌味を炸裂《さくれつ》させる。

「今、清水さんから連絡が入りました」

電話番の若い刑事が受話器を片手に立ち上がる。

「何だね？」

「柏木さんが小川太一の幽霊から事情聴取をして、竹内悠は携帯電話を二台所持していることがわかったそうです」

「電話番号は？」

「小川太一が生前使っていた携帯の電話帳に入っているそうです」

またも秦野得意の伝言ゲーム状態である。

「まったく、中途半端な情報だな。今すぐ小川の家に連絡しろ！　あと、庄司の家と、笹野の家にも！」

「はい」

本人の予想通り、小川太一の携帯電話は既に処分されていた。息子の遺品を見るのがつらいからなのか、親子関係が冷え切っていたからなのかまではわからない。

だが幸い、先月亡くなったばかりの庄司淳史の遺品は全て保管されていたため、竹内悠の二台目の携帯番号をつきとめることができた。

早速かけてみますね、と、意気込んだのは町田である。

「あー、もしもし、竹内君？　あれ？　もしもーし」

途中から「もしもし」が悲しそうな調子をおびてきた。

「どうした？」

いぶかしげな表情で秦野が尋ねる。

「切られました。まだ名乗ってもいないのに……。番号はあってるなぁ……」

発信履歴を確認しながらつぶやく。

「もう一度かけてみます」

町田はもう一度番号を確認して、竹内の携帯に発信する。が、すぐにがっくりとうなだれた。

「いきなり留守番電話サービスに接続されてしまいました。竹内は電源を切ったみたいです……」

秦野はチッ、と、鋭《するど》く舌打ちした。

「携帯電話会社に依頼して、最後に電波を拾った場所を至急つきとめてもらえ！　人命のかかった事件だと言い添えるのを忘れるな！」

「はいっ！」

「一般市民からの情報提供はどうなっている？」

「えー、本人と名乗るものが十件以上ありましたが、いずれもガセでした。目撃情報が多いのは新宿、渋谷《しぶや》です」

たまたま秦野と目があってしまった中堅の刑事が困り顔で報告する。

「ふん、使えんな」

秦野が机を指でコツコツはじく音が室内に響《ひび》きわたる。

竹内、いいかげん出てきてくれ！

捜査本部の全員が祈るような気持ちで願っていた。

長い長い十分間の後、ようやく携帯電話会社から回答があった。

「渋谷です！　竹内は渋谷の道玄坂《どうげんざか》にいます！」

電話番が声をはりあげる。

「渋谷か。至急捜査員をむかわせろ」

「はい。あ」

ベテランの刑事が口ごもった。

「どうした？」

「清水にも知らせますか？　今、お宮の間の刑事たちと一緒に新宿にいますが。渋谷に一番近いのはおそらくあのチームです」

「悪運の強い連中め……」

秦野は中指で眼鏡のフレームを押し上げた。

「桜井の透視結果も知りたいですし、ついでに教えるというのはどうでしょう？」

「いいだろう。そのかわり、必ず竹内の身柄《みがら》を確保するよう伝えろ」

「はっ」

頼んだぞ清水、何とか竹内を捜しだしてくれ。

秦野管理官が大爆発する前に……！

願いをこめて、ベテラン刑事は発信ボタンを押した。

二十一時四十分。

お宮の間の一行は、まだ新宿の公園にいた。

ちょうど人がいなくて、桜井の写真透視に好都合だからだ。

ベンチの上に蠟燭《ろうそく》を置き、目を閉じて、写真の上にてのひらをかざす。

「えー、竹内は今、レストランにいますね。それもこの雰囲気はファミレスやないでしょうか。白とパステルブルーで統一された明るい内装のお店です」

「白とパステルブルーのファミレスか……どこだろう。とっさには思いつかないな」

柏木の言葉に、全員がうなずく。

「樋口は、なんや、やたら人通りの多い繁華街《はんかがい》を歩いてます。これはどこかなー？　坂道になってて、ファーストフードとか、雑貨屋とか、若者向けのお店が多いです」

「表参道《おもてさんどう》あたりかしら？」

「新宿も南口から出たら下り坂ですね」

高島と渡部が助け船を出すが、桜井はうんうんうなるばかりである。

「すみません、僕には見分けがつきません……」

「いや、砂場のある公園よりははるかに捜しやすいよ。ありがとう。また十分後にチャレンジしてもらえるかな？　とりあえず竹内の携帯情報待ちで……と、噂をすれば何とやらだ」

清水の携帯から着信を知らせる「第三の男」のメロディが流れる。

短い通話の後、清水は桜井にニヤリと笑いかけた。

「桜井君の連絡が遅いって、秦野さんがピリピリしているそうだ。何だかんだ言って、頼りにされてるじゃないか」

「いやー、それほどでも、はっはっはっ」

桜井はまんざらでもなさそうな顔で両手を腰にあてた。

「で、竹内の携帯は、渋谷の道玄坂で電波を確認されている。ただし、竹内は十分前に電源を切ってしまったため、既に移動している可能性もあるそうだ」

「道玄坂で、白とパステルブルーのファミレスを探せばいいのね」

高島の言葉を合図に、一行は移動を開始した。

二十一時五十五分。

渋谷駅からハチ公側の出口に出て、スクランブル交差点の前に立った時、桜井が妙な声をあげた。

「うっ、これは……」

色とりどりの光であふれるにぎやかな繁華街を前に、桜井は立ちすくんでいる。

「どうしたんだ？」

「カッシー先輩、まさか、この坂道が道玄坂なんですか？」

「うん、そうだけど、それがどうかしたか？」

桜井は十秒間ほどきょろきょろした。何かを確認しているようだ。

「ここ……さっき樋口が歩いていたところとそっくりです。あの109って数字がついたビルとか……」

「それは間違いなく渋谷だよ。まずいな。かなり竹内に近い所まで来ているってことか」

柏木は驚き慌てつつも、疑問を感じずにはいられない。

自分たちでさえこれほど苦労しているのに、一体どうやって樋口は竹内の居場所をつきとめたのだろう。

坂道を五分ほどのぼったところに、桜井の透視と一致するファミレスがあった。看板も内装も白とパステルブルーを基調としている。

「ここです！」

桜井を先頭に店にかけこみ、全員で竹内を捜す。だが竹内らしい客は見つからない。

清水は店の隅にウエイトレスをよんで、写真を見せた。

「警察ですが、この人を見かけませんでしたか？」

「うーん……あ、さっきお会計をすませて、出て行った人かも。防犯カメラの映像を確認してみますか？」

この店では以前レジそばで売っている飴《あめ》やガムの万引きが頻発したため、抑止効果を狙って防犯カメラを設置したのだという。

たいして広くもない従業員用の控《ひか》え室にお宮の間の全員と清水が入り、倍速で再生する映像をくいいるように見つめる。

「今の人、竹内悠にちょっと似てなかった？」

高島が指摘《してき》した男を、普通の速度で再生して確認する。

「ああ、似てますね。髪形は変わってるけど、竹内でしょう」

最近の写真と同じ、ほっそりした甘めの顔立ち。今日の服装は七分袖《そで》のチェックのシャツにデニムのクロップドパンツだ。

「時間は二十一時五十三分だから、十三分前ね。ちょうどあたしたちとすれ違いだったみたい。まだ近くにいるんじゃないかしら？」

「ん？　すみません、今のところ、もう一回お願いします」

柏木が右手をあげて頼む。

「竹内君とほぼ同時に店を出た男、埼玉で会った樋口先生に似ていたような気が。顔がこっちをむいてないので、自信はありませんが……」

「えっ⁉」

全員が防犯カメラの映像に集中する。

たしかに白髪で眼鏡の男が、竹内の後から出て行くところがうつっている。

「桜井、透視！」

高島の指示がとぶ。

「はいっ」

桜井はまず竹内の写真を透視し、次に樋口の写真を透視した。

「蠟燭なしなのでおおざっぱなイメージですけど、二人ともタクシーに乗ってるみたいです。窓から見える夜景もほぼ一緒やし、たぶん一緒のタクシーです」

「ええっ、どうやって樋口先生は竹内君を捜しだしたのかしら⁉　あたしたちでさえこんなに苦労してるっていうのに」

伊集院が驚きの声をあげた。

「こうなると、捜しだしたっていうよりは、竹内が樋口に連絡をとってここによびだした、と考える方が妥当《だとう》だろう」

清水は顎鬚をなでながら、いまいましそうに言う。

「ここで待ち合わせて、どこか邪魔が入らないところに移動中っていうこと？　竹内君はどういうつもりで、そんな危険なことをしてるのかしら？」

伊集院の疑問に答えたのは柏木だった。

「もしかしたら、笹野君と同じことを考えたのかもしれません。笹野君は、殺られる前に殺れ、って考えて、三田村さんを訪ねてきたそうです」

「どうしてこう、どいつもこいつも警察を無視して、暴力的な方法で解決しようとするんだ!」

あー、もう、と、清水が怒りを爆発させた。

「とにかく、竹内君が生きているうちに、二人の身柄を確保することが重要です。秦野君に連絡して、全タクシー会社に問い合わせてもらいましょう」

渡部の言葉にうなずくと、清水は携帯電話をとりだし、捜査本部に連絡をした。

烈火のごとく怒り狂う秦野が目にうかぶようである。

柏木はもう一度腕時計を確認した。二十二時八分。樋口は二時間以内に竹内を殺そうとするはずだ。そして、竹内は竹内で、樋口を返り討ちにしようと目論《もくろ》んでいるかもしれない。

柏木はそっと左手で胃の上を押さえた。

五

二十二時二十六分。

道玄坂のファミレスでちょうど清水がカツカレーを平らげた時に、町田から連絡がはいった。

「遅くなってすみません。三十分ほど前に渋谷駅近くで二十歳くらいの男性と六十歳くらいの男性の二人づれを乗せたというタクシーがみつかりました」

「そのまま二人を練馬署に運ばせろ」

無理を承知で清水が言う。

「それが、もうおろした後でした」

「またひと足違いか。場所は？」

「結局練馬だそうです」

「わかった。すぐむかう」

清水は短い通話を終了し、立ち上がった。

まだ食事中だった伊集院と高島も、ナイフとフォークを置く。桜井はデザートまで完食済みである。

「柏木ちゃん、結局ホットミルクしか飲まなかったけど大丈夫なの？」

伊集院の問いに、柏木は弱々しく微笑《ほほえ》む。

「どうも緊張して、何も喉《のど》を通りそうになくて……」

「長くてもあと一時間三十四分です。がんばってください」

渡部は穏《おだ》やかな口調で、おそろしいことを言った。

二十三時五分。

赤いパトランプをのせた捜査車輛に五人は乗り、渋谷から練馬へ急行した。

信号で停止しないとはいえ、二十分近くかかる。

練馬区に入ったところで、清水は車を一度、路肩にとめた。

桜井が一人、車外に出て蠟燭に火をともし、最後の透視を試みる。

「どこかの学校に入ったみたいですね。二人は真っ暗な校舎の廊下を、懐中電灯を使って歩いてます」

「あの二人が一緒に行く学校といえば、一つしかないな」

清水の意見に、柏木もうなずく。

この一連の事件の発端となった場所、練馬第三中学である。


二十三時十六分。

練馬第三中の校門の前で、清水は車をとめた。

明るすぎてほんの少ししか星が見えない東京の夜空に、校舎と樹木のシルエットが黒々とうかびあがっている。

校門の扉は閉ざされていたが、通用口の扉を押すと簡単に開いた。もともと施錠《せじょう》されていなかったのか、樋口が合い鍵を持っていたのか。

「捜査員たちが配置につくのを待ちますか？」

柏木が尋ねると、清水は首を横に振る。

「どうせ十分もすれば来るはずだし、先に入ってもかまわんだろう。待っている間に手遅れになるのが一番痛い」

懐中電灯で足もとを照らしながら、清水は敷地に入っていった。じゃんけんで負けた桜井を通用門に残し、他の刑事たちも後に続く。静まり返った校内に、足音だけがやけに大きく聞こえる。

「夜中の学校って、なんとなく不気味ですね」

「そうねぇ」

柏木の感想に相づちを打ちながら、伊集院はさりげなく渡部のななめ後ろを陣取った。一番安全な場所はここだと判断したらしい。

「柏木君、何か見えますか？」

「少なくとも私に見える幽霊はいません」

どういうわけか、柏木には病気や老衰《ろうすい》で亡くなった幽霊は見えないのである。

「学校で病死することって滅多にないから、ケンタに見えなければもう幽霊はいないってことかしら」

「生きている人間の姿も見えないな。二人はどこに行ったんだ？」

全員で目をこらすが、暗い上に広いので全然見つからない。

「二手に分かれて、手前の校舎と奥の校舎をそれぞれまわってみましょうか」

「そうですね」

渡部の提案に、清水はうなずいた。

柏木は渡部、伊集院とともに奥の校舎を探索することになった。校舎入り口には鍵がかかっていたのだが、一階の教室の窓を端から順に懐中電灯で照らしていくと、案の定、あけっぱなしの窓があったのでそこから入る。

一階から一つ一つ教室を確認していくが、竹内たちは見つからない。五階まであるので、全部まわるにはけっこう時間がかかりそうである。

(柏木さん、あそこ！)

結花の声に柏木は立ち止まった。

(むこうの校舎の四階、人がいるんじゃないかな？)

窓をあけ、むかいの校舎の四階を端から見ていくと、なかほどの教室の窓で黄色っぽい小さな光が動いている。

「たしかに懐中電灯っぽいな……」

「どこどこ？」

「四階のあの窓です」

柏木が指さすと、渡部と伊集院も集まってきた。

「いるわね！」

「行ってみましょうか」

三人は暗い廊下をかけだした。柏木は走りながら清水の携帯に連絡をいれる。

隣の校舎までたどりつくと、いっきに階段をかけのぼった。柏木は三階で早くも息切れ状態となるが、ふらふらしながらも四階をめざす。

やっと階段をのぼりきったところで、鋭い警告の声が聞こえた。

「やめるんだ、樋口！」

清水が教室で樋口と対峙《たいじ》しているのだろう。柏木も、もつれる足で精一杯急ぐ。

教室にたどりつくと、窓際でもみあう樋口と青年が懐中電灯で照らしだされていた。青年は竹内だろう。暗くて顔はよくわからないが、ファミレスのビデオにうつっていたのと同じ、七分袖のチェックのシャツにクロップドパンツをはいている。

竹内はあけ放った窓から外に上半身をのけぞらせ、今にも校庭に転落しそうだった。樋口は右手で竹内の喉を押さえつけ、左手で窓枠をつかんで自分の身体をささえている。竹内も左手で、自分の喉を押さえる樋口の手首をつかみ、右手で窓枠をつかんでいる。

竹内の両足は床から浮いており、ギリギリのバランスで落下をこらえている。うかつに力を加えたら、即座に身体は宙を舞うことになるだろう。場合によっては、樋口もともに落下しかねない。

「あぶないわ！　やめて！」

伊集院も叫ぶが、樋口は無視し、窓枠をつかんでいる竹内の指先を、一本ずつはがしはじめた。

「よせ！　竹内の全体重がおまえの右手にかかったら、二人で転落するだけだぞ！」

清水は机の上に懐中電灯を置くと、そろそろと樋口の背後ににじりよった。

柏木たちも清水にならう。

清水が「今だ！」と叫んだ瞬間、高島が教室の入口付近にある蛍光灯のスイッチを入れた。樋口はとっさに左腕で目をおおう。

柏木たちは一斉に樋口にとびつき、おさえこんだ。

樋口が竹内の喉にかけていた右手をはなす。

その時、樋口の手首をつかんでいた竹内の左手がするりとほどけた。気がゆるんだのか、それとも、もう、限界だったのか。窓枠にかかっていた指も宙をつかんでいる。

「きゃあああああっ」

伊集院の悲鳴が響く。

竹内の身体が真っ逆さまにすべりおちる。

とっさに竹内の片脚をつかんだのは渡部だった。くっ、と、うめき声をあげながらも、両腕でがっちりと脚を押さえこむ。

もう一方の脚に柏木がとびつくと、清水が長い腕をのばしてクロップドパンツのベルトをつかみ、三人がかりで竹内をひっぱりあげた。

「大丈夫か?」

竹内を床におろし、座らせる。

「樋口は?」

「ここよ」

樋口は高島に後ろからはがいじめにされていた。痛そうな表情はしていたが、悔《くや》しさや焦《あせ》りは感じられない。

「手錠をうたせてもらっていいですか?」

「どうぞ」

渡部がにっこりとうなずくと、清水はパンツの後ろポケットから手錠をとりだした。

「樋口行男、二十三時四十五分、殺人未遂の現行犯で逮捕する」

型通りの台詞《せりふ》とともに手錠をかける。

「それから竹内君、君にも参考人として同行してもらうことになるけど、体調は大丈夫かな?」

清水の問いかけに返事がない。

「竹内君?」

柏木は膝《ひざ》をついて、竹内の顔をのぞきこんだ。

竹内は焦点のさだまらないうつろな眼差《まなざ》しで、身体をがくがく震わせていた。よほどの恐怖だったのだろう。

「もう大丈夫だからね」

右肩に手をおき、子供に言い聞かせるように優しく言うと、竹内は大きく目を見開いた。

「ぼ……僕は、助かったんですか……？」

「うん、安心していいよ」

「僕も死ななきゃならないのに……生きている資格なんかないのに、身体が宙づりになった時、すごく、すごく怖かった。死にたくないって思った。僕は……」

竹内の目から涙があふれる。

「もういいの、終わったのよ」

伊集院が優しく頭をなでると、竹内は膝を抱えて泣きだしてしまった。

まだ子供なのだ。

ふと柏木が窓の外を見ると、何十ものパトランプの赤い光が、学校の周辺をとりまいていた。

終わったのか。

いや、終わっていない。

「自分の過ちを正す」「教育者としてのけじめをつける」という樋口の言葉は一体何をさしているのか。

なぜ竹内は自分のことを「生きている資格はない」などと卑下《ひげ》するのか。

そもそも、竹内は樋口を殺すつもりがないのなら、なぜ渋谷に呼びだしたりしたのだろうか。

もしかして、小川が言っていた「やばいパシリ」と関係があるのだろうか。

自分の目の前にいる二人はまだ何か、重大な秘密を抱えているのだ……。

第八章　四人目の後悔

一

翌日の夜遅く、柏木は再び新宿の小さな公園にいた。

竹内がなぜ自分から樋口をよびだして、殺されようとまでしたのか、本人は警察の事情聴取で何も語ろうとしない。そこで、小川から何か聞きだしてもらえないか、と、清水に頼まれたのだ。

紫陽花《あじさい》の前で、息をつめて、じっと暗闇に目をこらす。

ぼうっとした白い固まりが、だんだんと人の形をとりはじめる。

(なんだ、またあんたか)

冬物のコートをはおった小川は、不機嫌そうに柏木を出迎えた。

今日はいたか、と、柏木はほっとして、こんばんは、と、挨拶《あいさつ》する。

「昨夜はありがとう。おかげで無事に竹内君を助けることができたよ」

（そっか）

言葉はそっけないが、少し表情がやわらいだ。ほっとしたのだろう。

「でも、どういうわけか、本人はあんまり嬉しそうじゃないんだ。自分は生きている資格なんかない、って口走ったりして。竹内君は一体何をそんなに思いつめているのか、君なら心当たりがあるんじゃないかな？」

（無いこともないけどさ……）

小川は顔をしかめた。どうも言いたくないらしい。

（庄司と笹野は何て言ってるんだ？）

「笹野君は先週から行方不明なんだ」

（えっ⁉）

「庄司君は亡くなったよ。一ヶ月前に、練炭《れんたん》自殺に見せかけて殺された」

（まじか⁉）

小川は驚きの声をあげた。

（たしかに庄司はいつ誰に刺されてもおかしくねぇくらい悪いやつだったけど、とうとうやられたのか）

ざまあみろと言わんばかりの小川に、柏木は戸惑《とまど》う。

（で、犯人は？　透の父親か？　それとも他のやつか？）

「どうも樋口先生らしいんだ」

（無理無理。あのクソ真面目なじいさんに、人が殺せるわけがねえよ）

「ところが本人が、自分の過《あやま》ちを正すためにやったと言ったんだ」

（はあ？　過ちって何だよ、それ）

「うーん、たぶん、裁判でいじめはなかったって証言したことだと思うんだけど。本当は君たちが三田村透君をいじめてたこと、樋口先生は知ってて偽証したんじゃないかな？」

（まあな。今だから言えるけど、樋口はすげーお人よしでさ、おれたちが涙ながらにもう二度といじめはしません、許してくださいって頼んだら、ころっとだまされて偽証してくれたんだよ）

　小川は愉快そうにけらけらと笑った。

　樋口に偽証させたことに関して、後悔や反省の色はまったくないようだ。

「それで、形だけでも良い子として振る舞ってたのか……」

（ああ。あれは頼まれてやった偽証です、なんてカミングアウトされたらおれたちの人生台無しだからな。でも、偽証が過ちだったなんて今ごろ気づくなんて、遅いにもほどがあるぜ）

　小川はとうとうこらえきれなくなったという様子で、身体をゆすりながら大声で笑いだした。

偽証させたことを、小川がこのように受け取っていることを、樋口は知っていたのだろうか。

もしも酒に酔って、小川が樋口の前で同じことを言ったとしたら、殺意を覚えたとしても無理はないだろう。

だがあのまっすぐな目をした教師に偽証をさせておいて、感謝するどころか馬鹿にし、あざけり笑うことしかできない小川こそが、哀れな人間なのかもしれない。

柏木は自分の感傷的な思いをふりはらうように、ぎゅっと右手を握《にぎ》りしめた。今は職務中なのだ。

「実は、竹内君を殺そうとしたのも樋口先生なんだ。竹内君を四階の教室から突き落とそうとしていたところを、この目で見たよ」

なるべく穏《おだ》やかに、目の前の幽霊を刺激しないように話す。

(樋口が悠を? 何で?)

小川はきょとんとした顔になる。

「わからない。二人ともその点については何も話してくれない。ただ、どうやら竹内君の方から樋口先生をよびだして、わざと殺されようとしたふしがある」

(悠が……)

小川はむっつりと押し黙ってしまった。

「竹内君は一体何をそんなに悩んでいるんだろう。君がこのまえ言っていた、やばいパシリっていうのと関係あるのかな？」

小川の小鼻が、ぴくりと動く。

（悠の携帯、調べた？　おれらとの連絡専用の方）

小川は上目遣いに柏木の表情をうかがった。

「メールも通話履歴《りれき》もきれいさっぱり消去されてたよ」

いざとなれば携帯電話会社に照会することも可能だが、被疑者ならともかく被害者の所持品ということもあり、今のところそこまでは踏みこんでいない。

（そうか）

「あの携帯電話が鍵なんだね？　死んだ庄司君は、竹内君に電話で指示を出していたのかい？」

（死んだ庄司君、か……）

小川は小さくつぶやいた。

（あいつが死んだのなら、言ってもいいか。……悠は、薬の調達係をやらされてたのさ）

「薬……!?」

（ああ。あいつんち調剤薬局だから、処方箋をでっちあげて薬を持ちだせって庄司に言い

つけられてたんだよ。睡眠薬とか向精神薬とかそういうやつ）

「なるほど……」

（悠をあんまり責めないでくれ。言ったろ、あいつはパシリだって。いつだってボスは庄司なのさ。あいつ、きっと地獄に落ちたんだろうな）

　小川はくくっと鼻先で笑う。

（おれはずっとここをさまようのかな……。少なくとも、天国には行けないだろうな）

急に、ぽつりとつぶやくと、空を仰いだ。新宿の明るく狭い夜空に星は見えず、ただ、月だけがぽっかりとうかんでいた。

　小川との話が終わると、柏木は、少し離れた木陰《こかげ》に設置されているベンチにむかった。

「お疲れさん」

ベンチに腰をおろして煙草《たばこ》を吸っているのは清水である。

柏木は清水の横に腰をおろし、小川から聞きだした内容を伝えた。

「庄司の遺品はまだ両親が保管してるんですよね？　携帯やパソコンを解析すれば、彼らが薬物を販売していた相手が割りだせるかもしれません」

「物証としては最高だな」

清水が白い煙《けむり》をふーっと吐くと、あたたかな夜風にのって流れていく。

「しかし、やっぱり樋口はいじめの事実を知って偽証してたんだな」

「……小川の幽霊を見ていて、何となくですが、やっぱり偽証は誤りだったんじゃないかと感じました。樋口先生は生徒たちのためによかれと思ってやったことだったんでしょうけど、少なくとも小川には、三田村透の死を正面から受け止めて、反省し、罪をつぐなう必要があったんじゃないでしょうか」

小川はすっかり人生や、社会というものをなめきっている印象をうけた。

小川がゆがんだ大人になってしまったのは、偽証がきっかけだったのではないだろうか……。

自分が刑事だからそんなふうに考えてしまうのかもしれないが。

「あー、そうか。つながった」

清水は唐突に声をあげた。

「樋口のアパートから押収したパソコンの履歴を調べたら、七尾さんが教えてくれた例のブログを、ほぼ毎日見にいってたんだ。樋口もそのブログを読んで、三田村透の死をかけらも反省していない、やつらの正体に気づいたんだな」

「それで殺害を決意したと……？」

「それだけじゃないかもしれないが、一因ではあるだろうよ。おれも目を通したが、とにかくひどかった」

「高島さんもそう言ってました」

「ふむ、小川の証言をふまえて、先生をゆさぶってみるか！」

清水はポケットから携帯用灰皿をとりだすと、吸い殻を入れる。

「あ、そうそう、これ、ゆり子さんからの差し入れ」

清水は傍らに置いてあったデパートの紙袋を柏木に渡す。

「いつもありがとうございます」

あけてみると、中身は生クリーム入りの高級ヨーグルトと、とろとろの杏仁豆腐《あんにんどうふ》、ミルクプリンのつめあわせだった。

そえられたカードに「昨日はお疲れさまでした。しっかり栄養をとって早く元気になってくださいね」と、書かれている。

さすがは清水ゆり子だ。

柏木は心の中でゆり子にむかって拝礼した。

新宿駅にむかってぶらぶら歩きながら、ふと柏木は、もう一人の男を思い出した。

「ところで、三田村さんはどうなったんですか？」

「三田村が入院していたっていう光が丘の大学病院に問い合わせてみたら、間違いなく重病患者だと言われたので、念のため入院させたよ。取調室で急変されたら大変だし、検査や治療の合間に、病室で取り調べをちょっとずつ進めてる」

「そうなんですか」

一応病室に見張りをつけてあるそうだが、もう、逃走するほどの体力は残っていないだろう。

「普通だったら警察に人を捜させるためにコンビニに立てこもるなんてまずやらないが、自分は余命が限られているから、刑務所なんて怖くないんだ、って、笑い飛ばしてたぞ。あのおっさん、どこまでが本気でどこからが冗談なんだか」

「そもそも普通は、人捜し目的でコンビニに立てこもろうなんて思いつかないですよね」

「ちがいない」

清水はニヤリと笑った。

やたらにころころと気分や態度の変わる困った男だったが、竹内悠の命を守ってやりたいという気持ちに嘘はなかっただろうし、たとえ病気をかかえていなくても、それなりに無茶をしたかもしれない。

「あ、そうそう、三田村から伝言を預かってたんだった。胃痛を甘く見るな、ちゃんと病院に行った方がいい、だってよ」

「まいったな」

柏木はぼさぼさの頭をかいた。

翌朝、柏木はいつもより一時間早起きして、練馬署に立ち寄った。

取調室では、灰色の机をはさんで、清水と樋口が向かい合っている。隅《すみ》の机には記録係。

柏木は目礼すると、取調室の隅に椅子を置いて腰かけた。

「樋口さん、あなたは三田村透君の死をめぐる裁判で、いじめはなかった、と、証言されましたが、本当はあったんですよね？」

清水の問いかけに、樋口は背筋をまっすぐにのばし、無言で正面を見ている。

「裁判で偽証してくれ、と、四人があなたに頼んだそうですね。竹内悠にも確認しました」

樋口は静かに目を伏せ、小さく嘆息《たんそく》をもらした。

「私はあの子たちが三田村君をいじめていることを知っていました」

竹内が認めた以上、自分一人が黙秘をつらぬいても無駄だと悟ったのだろう。樋口が初めて口にする真実に、柏木の心臓はドクン、と、大きくはねた。

「ただ、三田村君本人の希望で、介入はしていませんでした。教師に密告した裏切り者だと思われたくないというのと、自力でなんとか解決できないか試す時間がほしい、と三田村君が言ったからです。彼は本当に強い子でした」

樋口はじっと清水の目を見すえる。

「裁判で偽証したのは、あの子たちの将来をおもんぱかってのことでした。有罪判決をうけるようなことがあっては、進学や就職が難しくなってしまうからです。もちろん、偽証罪に問われることは覚悟の上でした」

決して自分のためではない、と、語る樋口の説明に、嘘はないようだった。樋口は樋口なりに、教師として生徒の将来を考えての偽証だったのだ。

「あの頃、彼らはまだ中学生でした。三田村君の死を重く受け止め、自分たちの罪を深く反省して、いずれは立派な大人になってくれるようにと私は願っていたのです。どんなに悪にそまっている子にも、必ず立ち直る機会があるというのが、教師としての私のポリシーでもありました。しかし、私の偽証は間違いでした。あの子たちは、学校にいる間は何をしてもごまかせる、と、味をしめてしまったんです……」

樋口は眉間《みけん》に深いしわをきざんだ。

「その後、父の介護のため、私は教職から離れ、香川に戻らねばならなくなりました。香川に行ってからも、私は彼らに何度も手紙をだしました。裁判のことや、進路のことなどが心配だったからです。最初のうちは真摯《しんし》な返事が来ていたのですが、次第に返事は戻ってこなくなりました。そのかわりに届きはじめたのが、他の生徒たちからの悩み相談です。四人はいつの間にか、いじめを再開していたのです」

樋口の前で、もう二度といじめはしない、他人を傷つけるようなことはしない、と、かたく約束したはずだった。

だがそれは口先だけのことで、彼らはいじめを繰り返した。それも次第にエスカレートしていったのである。親の通帳から預金をおろしてくるよう強要された子、万引きを強要された子、援交を命じられた子もいた。れっきとした犯罪である。

悩みをつづる生徒たちを、樋口は必死ではげました。自分一人でかかえこむな、親や教師に相談しろ、と。時には転校をすすめたこともある。もう二度と三田村透のような被害者をだしたくなかった。

「その一方で、四人にも手紙を書き続けました。いつかは彼らの心に届くのではないかという一縷《いちる》の望みをかけて……。でも、私の空回りでした。それが決定的になったのは、村《むら》田唯志《ただし》という元教え子の一人からもらったメールでした。ネットで三田村透の死の真相が暴露《ばくろ》されているというのです」

村田に教えられたブログを見て、樋口は愕然《がくぜん》とした。「とろくせえヤツが死んじまってワロタ」などの、反省のかけらもない文章の羅列《られつ》。はっきり固有名詞が書かれているわけではないが、三田村透のことを指しているのに間違いなかった。

だが、もしかしたら、偶然、よく似た状況で亡くなった少年がいたのかもしれない、このブログは四人とは無関係なのではないか、と、はかない期待を抱いて、昔のまま住所がかわっていない小川の家を訪ねたことがある。しかし、「透のことは本当に反省している」と言いながら、目にうんざりした色がうかんだのを樋口は見逃さなかった。「嘘をついているね？」と尋ねたら必死で否定していたが、一度はがれたメッキはもう戻らない。

「三田村君が死んだ時、四人にも反省と更生の機会はあったのです。それを、私が握りつぶしてしまった。私が指導を誤ったばかりに、四人はどんどん道をふみはずしていったのです」

「透君のために復讐《ふくしゅう》をしていたわけじゃないんですか？」

「違います。これ以上彼らに罪を重ねさせないために、被害者を出さないために、そして自分の誤った指導の責任をとるために、私はこの手で彼らの命を断つことを決意し、ひそかに香川から戻ってきたのです。これが六十をすぎた私にとっての、教育者としての最後の務めでもあると信じて。もちろん全てが終わったら自首するつもりでした」

それが樋口にとっての、自分の過ちを正すことであり、教育者としてのけじめだったのか……。

樋口の気持ちがまったく理解できないわけではない。だが、その行動が正しかったとも思えない。

「でも、自分は偽証を頼まれたのだと告白するとか、脅迫されている被害者たちを警察に行かせるとか、弁護士を紹介するとか、もっと違う方法もあったはずですよね？」

樋口の言い分が納得できず、つい柏木は樋口を責める言葉を口走ってしまった。

「そうですね。でも、それで今さらあの四人が深く反省し、心を入れ替えてくれるとは、とても私には思えなかったのです」

「でもだからって、あなたに彼らの生命《いのち》を奪う権利はなかったはずです」

「わかっています。わかっていても、やらずにはいられなかったのです」

樋口は深く暗い悲しみをたたえた目を伏せたのだった。

二

翌週の月曜日は、朝から雨だった。また梅雨空が戻ってきたのだ。

いつものように昼近くになってからお宮の間に顔を出した柏木は、自分のスチールデスクを見て愕然とした。大量の乳製品が積まれていたのである。

「これは一体……」

「おや、柏木君、おはようございます」

窓際の席で新聞を読んでいた渡部室長が顔をあげた。

「先週のコンビニ立てこもり事件の時、捜査一課長がね、よりによって牛乳を買いに入って人質にとられるなんて、柏木君のまぬけぶりは目にあまるって、あっちこっちで吹聴《ふいちょう》してまわったようなんですよ」

「そうだったんですか……」

柏木はしょんぼりと肩をおとした。まったくもってその通りで、反論の余地などかけらもない。

「それを聞いた各方面の皆さんが君の進退を心配して、差し入れを届けてくださったんです。四係からは北海道のハスカップヨーグルトドリンク、五係からは那須《なす》高原の御用邸チーズケーキ、こっちのデパ地下でしか買えない高級ジャージー牛乳セットは池袋《いけぶくろ》署からですね。他にも駒込《こまごめ》署、武蔵野《むさしの》署、丸《まる》の内《うち》署など、いろんなところから届いていますよ」

「つまり、カッシー先輩が幽霊係からおりたら困る人たちってことですね」

むかいの席の桜井がぷっと笑う。

「いやいや、これも柏木君の人徳ですよ」

「はあ……」

柏木は困り顔でぼさぼさの頭をかいた。

「お、柏木、来たか」

ドアから顔をのぞかせたのは、捜査一課の清水である。

「あれ、清水さん、まだ当分の間、練馬じゃなかったんですか？」

「今日こっちに戻る用があったから、その後の途中経過を、お宮の間の皆さんに報告しとこうと思って。おまえが人質になっている間、お世話になったからな」

「そうでしたね。すみません。結花から聞きました」

柏木は渡部と桜井に深々と頭をさげた。

「それで、樋口先生は全部自供したんですか？」

「うん。庄司淳史には、いい金になる仕事があるから一緒にやらないか、ってもちかけてよびだしたそうだ。もちろん誰にも言うなって口止めして」

庄司にレンタカーを借りさせた後、千葉まで移動し、まずは腹ごしらえをしよう、と、カレー屋に入った。そこで庄司のカレーに睡眠導入剤をまぜ、車に戻ってしばらくして庄司が寝込んだところで練炭に火をつけ、放置した。

翌日、釣りにきた男性が庄司を発見し、救急車をよんだが、既に死後数時間が経過しており、手の施《ほどこ》しようがなかったという。死因は一酸化炭素中毒である。

「いたってシンプルな方法ですね」

「うん」

「遺体から睡眠導入剤の成分は検出されなかったんですか？」

「血液検査をしないで火葬してしまったんだ。だがたとえ検出されていたとしても、練炭自殺をはかる人間が睡眠導入剤を飲んでいるのはよくあることだし、自殺の判断がくつがえることはなかったんじゃないかな」

「七輪《しちりん》から樋口先生の指紋は出たんですか？」

「いや、出ていない。先生が七輪と練炭をいつどうやって入手したか、とか、カレー屋で一緒にいるところを見た人はいなかったか、とか、状況証拠をこまかく積み重ねて自供の裏をとるしかないだろうな」

被疑者をパクってからが長いんだよな、いつもながら、と、清水は首の後ろを自分でもみながらぼやいた。

「小川の凍死《とうし》の方はどうなんですか？」

「どうもこうも、ただへべれけに飲ませて公園に置き去りにしただけだそうだ」

「睡眠導入剤は？」

「こっちは行政解剖で血液や組織を検査しているが、何も検出されてない。樋口も薬物は使っていないと言っている。もしも樋口が、まさか凍死するとは思わなかったと言い張ったら、殺人罪の適用は難しかっただろうな」

「せいぜい保護責任者遺棄致死《いきちし》どまりですか」

「うん」

「それを言うんだったら、練炭殺人の方だって、二人で一緒に死ぬつもりだったけど怖くなって一人で逃げてしまったって言い訳すればよかったんじゃないですか？」

「そうなんだよな」

特に練炭の場合は死亡するまでの時間が長いので、集団自殺からの離脱者が出ることは珍しくない。

とにかく真面目な人で、こっちもやりやすいんだかやりにくいんだかよくわからないよ、と清水は苦笑した。

「そういえば、犬が、小川太一を訪ねてきた男から病気のにおいがしたって言ってたんですよね？　樋口先生はどこか悪いんですか？　三田村さんも病院で樋口先生にでくわしたって言ってましたよね」

「特に持病はないようだから、風邪でもひいたんじゃないか？　においの方は、何年も病床の父親を介護していたから、薬品のにおいがうつったんだろう」

線香と花のにおいはやはり仏壇で、アパートの小さな仏壇には、両親と妻の位牌とともに、三田村透の写真が飾られていたという。

「笹野賢也の死体は見つかったんですか？」

「うん。樋口の供述通り、工事現場の隅に埋められていたそうだ」

「ほら、だから土の中だって言《ゆ》うたやないですか」

桜井は鼻高々である。

「笹野の死因は刺殺……って言えるのかな。笹野がしっかり握っていたナイフが凶器に間違いないんだが、そもそもこのナイフは笹野の所持品で、指紋も笹野のものしかついてないんだ」

「樋口が自分の指紋をふきとった後で、笹野に握らせたんやないんですか？」

桜井は素朴な疑問を口にした。

「それはそれで、鑑識が調べれば、ここを布でふきとったなってわかるんだよ。でも、ふきとった跡がない。どうも、笹野の方から樋口を殺しに行って、もみあっているうちに、笹野が刺されたっぽいんだよな」

「あれ？　それって立派な正当防衛やないですか」

「笹野は三田村さんのところにも自分から行ってますし、樋口先生を殺しに行ったとしても、全然不思議はないですね」

柏木が言うと、清水は少し困ったような顔をした。

「おれもそれが正解じゃないかとにらんでいるんだが、樋口先生が、自分が殺したって言い張って譲《ゆず》らないんだ」

「どうせすぐばれる嘘なんてついても仕方《しゃあ》ないのに。完全犯罪はできひんタイプですね」

桜井が頬杖《ほおづえ》をつきながら言う。

誰より考え無しのおまえが言うか、と、柏木は心の中でつっこんだが、樋口先生に関しては同意見だった。

「何となく樋口先生って、詰めが甘くないですか？　庄司も小川も、もっと早く誰かが発見していれば助かっていたんですよね？　竹内だって、四階の窓から突き落とそうとしてましたけど、四階だと必ずしも死ぬとは限りません。下が植え込みだったら助かる可能性も十分あります」

柏木が言うと、清水も、それだよ、と、身をのりだした。

「あの校舎は五階建てだったから、確実に殺すつもりだったら、屋上か、せめて五階から突き落とすべきなんだよな」

「四階くらいだと転落しても助かる可能性がそこそこあるなんて、警察でも消防でもない樋口先生は知らなかったんですかね？」

「知らんかったとしても、常識的に、高いところから突き落とした方が死にやすいに決まってますよね？」

「樋口先生は、何だかんだ言っても、やっぱりもとの教え子を殺したくなかったんじゃないでしょうか。きっと無意識のうちに、彼らが助かるかもしれない方法を選んでたんですねえ」

宇治《うじ》の玉露《ぎよくろ》をすすりながら、渡部がしみじみと言う。

「無理に自分の手でかたをつけようとせずに、警察に四人の恐喝を告発してくれれば良かったんですけど」

柏木もブリックパックの牛乳にストローをさしてすする。

「真面目すぎたんだなぁ」

四人はしみじみとため息をついた。

「おっと二時から捜査会議なんで、そろそろ行かないと。まだ竹内悠の取り調べも始まったばかりだし、また何かわかったら報告させてもらいます。そうだ柏木、ゆり子さんがたまには晩飯を食いに来いって言ってたぞ」

「今度また寄らせてもらいます」

「うん」

ひらひらと手をふると、長身の刑事は練馬へと戻っていった。

三

練馬署の大会議室は、大勢の刑事たちでうめつくされていた。

最前列の秦野は、霊能者や特殊捜査室の刑事たちがうろうろしていた時とは違い、すっかり落ち着きはらっている。

樋口、三田村、竹内、それぞれの捜査の状況が報告されていく。

「次、樋口の家宅捜索はどうなってるのかね？　町田君」

「樋口が使用していたパソコンのブックマークに、いわゆる自殺サイトがいくつか登録されていました。庄司と小川を殺害する際の参考にしたと思われます。また、笹野のブログや四人のＳＮＳを毎日チェックして、行動パターンやたまり場などを割りだしていたようです」

小川は柏木に、たまたま行きつけの店でばったり樋口と会った、と、話したが、もちろん樋口は小川があらわれるのを待ちかまえていたのだ。酔いつぶし、凍死させるために。

「何か樋口の自供と矛盾するような新事実はあったか？」

「矛盾と言いますか、三田村透の死に関してネットに書き込みがある、と、メールで樋口に知らせてきた村田唯志ですが、アドレスをたどった結果、実は村田の名を騙《かた》って竹内悠が送信していたものだと判明しました」

「竹内が？　何の目的でそんなことをしたのかね？」

秦野が眉《まゆ》をひそめる。

「わかりません。本人にきいてみるしか……」

「すぐに取り調べを再開したまえ」

秦野は舌打ちしながら、中指で眼鏡のフレームを押しあげた。不機嫌そうに見えて、どこか余裕のただよう表情である。

生身の人間をしぼりあげるぶんには、お宮の間の連中にひっかきまわされる心配がないからな、と、思っているのかもしれない。

竹内悠は、任意同行には素直にしたがい、雑談にも応じていたが、事件に関することは口が重かった。特に村田唯志に関しては、一切話そうとしない。

だが、清水に、死んだ庄司のパソコンから薬物の売買リストが見つかった、と、告げられた瞬間、顔色がかわった。

「もう証拠はそろってるんだ。君がお父さんの薬局から薬を調達してたんだね？　お父さんはこのことを知ってるの？」

清水はプリントアウトしたリストを竹内につきつける。

「父は何も知りません！　庄司の命令で、僕が一人でやったんです」

竹内は椅子から腰をうかせるようにして、清水に訴《うった》えた。清水が黙っていると、力なくうなだれ、椅子に腰をおろす。

「実は僕も庄司たちにいじめられてたんです……昔から……」

竹内は自嘲ぎみの笑みをうかべた。

「透が事故で死んだ肝試《きもだめ》しの時、本当は僕も一緒に行けって言われてたんです。でも、僕は死にたくなかったから、車道に飛びだして一メートルも行かないところで立ち止まってしまった。夜遅くで、車の数は昼間より少なかったけど、そのぶんスピードがでていて、本当に怖かったから、足がすくんで、それ以上はすすめなかった。でも透はまっすぐにつっこんでいった。あいつは僕なんかより全然勇気があったんです。そして車にはねられて……」

自動車のライトに照らしだされる細い身体。急ブレーキをふむ音。車体と透の衝突音。細い身体は高々と舞いあがり、地面にたたきつけられた。次々と急ブレーキをふむ音が聞こえる。

透のそばにかけよりたかった。だができなかった。血まみれの身体を見るのも怖かったし、臆病者、と、なじられるのも怖かった。

誰かがよんだ救急車が透をのせ、運んで行くのを遠くから見ているだけだった。

透が死んだと聞いたのは、翌朝のホームルームだ。

寝不足なのか、泣いたのか、樋口先生の目は真っ赤に腫《は》れていた。

その後も竹内は庄司たちにいじめられながら、他の生徒へのいじめに加担《かたん》するという奇妙な立場が続いた。

中学を卒業すれば自然に他の三人との関係も疎遠《そえん》になるだろう、と、竹内は期待していた。だが庄司と同じ高校に進学することになってしまい、彼らとの関係を断ち切りそびれたのである。

「でも僕たちが万引きをネタにゆすっていた村田唯志が首つり自殺をはかった時、もうだめだ、これ以上こんな人生を続けるくらいなら、死んだ方がましだって思ったんです」

そもそも村田は、肝試しで万引きをしてこいと命じられたのだ。そして次は、その万引きを親や店にばらすぞ、嫌なら金を用意してこい、と、ゆすられたのである。アリ地獄にはめられたのだ。

幸い村田は一命をとりとめた。しかし脳の酸欠時間が長かったために後遺症が残り、もう何年も病院でリハビリ生活をおくっている。

高校を卒業した後、竹内は一人だけ専門学校に進学した。庄司たちが大学に進学すると聞いていたからだ。そして、今度こそ、三人と縁を切れるはずだった。

ところが三人は竹内を解放してくれなかった。狙いは竹内の父親が経営する調剤薬局である。

「おまえんち、向精神薬とか睡眠薬とかいろいろ扱ってるんだろ？」

「そういうのは処方箋がないとだせないんだ」

「小川の従兄が精神科の医者なんだけど、話のわかるやつで、処方箋をだしてもいいって言ってるんだ。もちろん無料とはいかないけどな。おまえ、夜眠れないとか適当なこと言って受診してこいよ」

庄司たちは竹内が調達した薬物を高値で売りさばき、ぼろ儲《もう》けを楽しんでいたが、竹内自身は親を巻き込む犯罪行為が嫌でならなかった。

何よりも恐ろしかったのは、このままずるずると一生、三人から逃げられないのではないか、という不安だ。

「僕は村田になりすまし、自分をこんな身体にしたあいつらが許せない。しかもあいつらは、三田村透のことを全然反省していないどころか、笑いものにしている。ネットにこんな書き込みがあるのをご存知ですか、って、樋口先生にメールを書いて送りました」

竹内は次第に興奮してきたのか、少し唇をふるわせた。

「小川が凍死したと聞いた時は、樋口先生がやったんだ、と、思いましたが、透のお父さんの可能性もありました。でも庄司が死んだ時、笹野が、透のおやじは入院してたらしいぜ、って言ったんです。ああ、やっぱり樋口先生だったんだ、と、胸がいっぱいになりました」

そしていつの日か、絶望に満ちた人生から自分を解き放ちに樋口があらわれるのを、心待ちにするようになったのだという。

「でも庄司、小川、笹野の三人がいなくなって、君は解放されたわけだよね？　どうして自分まで樋口先生に殺されようとしたのかが、よくわからないんだけど」

「庄司たちに命令されてとはいえ、ずっといじめに加担し続けた過去を消し去りたかったんです。村田のことはもちろん、僕のせいで薬物中毒になった人もいるかもしれないと思うと、これ以上、竹内悠という人生を続ける気にはなれませんでした」

清水は竹内を殴《なぐ》りつけてやりたい衝動にかられたが、取り調べ中だったのでぐっと我慢した。

小川とはまた違う意味で、竹内は、謝罪し、つぐない、やり直すという発想が欠落した哀れな人間なのだろう。

「香川で静かな生活を送っていた樋口先生に、庄司たちを殺す決心をさせるメールを送ったのは僕です。僕が自分で庄司たちを殺す勇気があれば、先生を巻《ま》き添《ぞ》えにすることもなかったのに。先生はきっと死刑ですよね？　僕だけが生きている資格はありません……」

竹内はデスクの上に泣き伏した。

竹内が語った内容を清水が伝えると、樋口は大きく目を見開いた。

「あのメールは村田君ではなく竹内君だったんですか……」

両手で鼻をはさみこみ、しばらく考えこむ。

「肉筆の手紙だったら筆跡でわかったと思うのですが、メールだったので気づきませんでした。現役の教師の頃だったら、子供たちが少々文体をカムフラージュして書いてきてもすぐに見破《みやぶ》れたと思うのですが、退職してから何年もたちますからね。情けないものです」

「竹内はこれ以上庄司たちの言いなりになるのも、誰かを苦しめるのも嫌だった。だがこのままでは、また誰かを死なせてしまうかもしれない。それなら自分が死んだ方がましだと思った、と言っていました」

「そうですか……」

樋口は深々とため息をついた。

「たしかに竹内君が私をよびだした時、違和感がありました。笹野君と違い、私を探る様子もなければ、隙《すき》をついて殺そうとするそぶりもない。かといって、命乞《いのちご》いをするわけでもなく……。あの子は、死ぬ気だったんですね」

「他人の生命の重みを知れという先生の教えは、少なくとも竹内の耳には届いていたようです」

「しかしなぜ竹内君は、村田君の名前でメールをだしてきたりしたんでしょう」

「竹内は、自分の名前で樋口先生に相談のメールをだしたら、先生は自分たちを殺してくれないだろうと考えたようです。逆に、自分の人生を更生させるために奔走《ほんそう》してくれるに違いない。樋口先生はそういう人だ。だから自分の名前ではメールをだせなかった、と、言っていました」

「竹内……」

樋口は両目をとじ、歯をくいしばった。

頰《ほお》がかすかに、不規則にゆれる。

数秒後、とうとうこらえきれなくなったのだろう。

くいしばった歯の間から嗚咽《おえつ》がもれた。

四

光が丘の駅から徒歩三分ほどの場所に大学病院はあった。

病院のお約束なのか、白く塗られた外壁に陽射《ひざ》しが反射してひどくまぶしい。

柏木は右手で手びさしをしながら、左手でネクタイをゆるめた。自分から言いだしたことはいえ、やはり午前中出歩くのは苦手である。

隣を歩いている竹内は、病院が近づくにつれて足どりが重くなってきた。

逮捕されたら竹内が自由に出歩けなくなるから今のうちに、と、清水に頼んで、午前中の取り調べを休みにしてもらい、連れてきたのだが、かなり憂鬱《ゆううつ》そうである。

「嫌だったらやめてもいいよ?」

「大丈夫です……」

柏木の問いに、か細い声で答える。

三田村靖は個室に入院していた。

そっとドアをあけると、テレビを見ているようである。

「こんにちは」

柏木が声をかけると、やせた顔に笑みをうかべて、身体をおこした。だいぶ体調は良さそうだ。桜井が、「三田村さんは運気全然さがってへんし、まだまだ生きますよ」と太鼓《たいこ》判《ばん》を押しただけのことはある。

「今日の取り調べはお兄さんなの？」

まあ座りなよ、と、ひとなつこい口調で、柏木に椅子をすすめた。

「取り調べじゃなくて、ただのお見舞いです」

「そうなんだ。嬉しいねぇ。あんな事件おこしちゃったんだから仕方ないけど、大部屋にうつしてもらえなくてさ、毎日退屈なんだよ。見張りの刑事さんはずっといるんだけど、話し相手はしてくれなくてさ」

三田村は肩をすくめてみせる。

「実はもう一人、連れがいるんですが」

「誰？　刑事さん？」

ドアの外でぐずぐずしていた竹内に、柏木はうなずいた。

竹内は真っ青な顔で、病室に足を踏み入れる。

「あの……僕……」

うつむいたまま、がくがくふるえている竹内を見て、三田村は一瞬、驚いた表情をしたが、ゆっくりと微笑《ほほえ》んだ。竹内悠だとわかったらしい。

「君だけでも、助かって良かった」

「三田村さん……どうして僕を……」

「ああ、別に君のためにやったことじゃないから。おれがやりたくてやったことだから、気にしないで」

三田村がお得意のフレンドリーな笑顔になると、竹内は泣き崩《くず》れてしまった。

床に涙や洟《はな》をぼとぼと落としながら、竹内は三田村透の事故死の経緯を語る。

庄司の命令で他の同級生たちへのいじめに加担させられたこと。そのうち一人は自殺未遂の後遺症で、もうずっとこの病院に入院していること。そして、樋口先生に村田の名前でメールをだしたこと。

三田村は黙って聞いている。

「だから、僕、生きている資格なんてないんです……。三田村さん、僕を助けちゃいけなかったんです」

三田村はベッドからおりると、泣きじゃくる竹内のそばにしゃがんで、右手をあげた。

殴られる、と、思ったのだろう。竹内はぐっと歯をくいしばり、目をとじる。

三田村は右手を軽く握ると、次の瞬間、人さし指で竹内の額《ひたい》をおもいっきりはじいた。

「えっ⁉」

竹内はびっくりして、額を押さえる。

「二十歳《はたち》を過ぎた男が、わーわー泣くんじゃねえよ」

三田村はにやっと笑う。

「他人に迷惑をかけたら、そのぶん、誰かにいいことをして帳尻をあわせりゃいいんだよ。竹内君はまだ若いんだから、いくらでも時間あるだろ」

「あの……僕のこと、赦《ゆる》してくれるんですか……？」

「赦すどころか、感謝してるよ。透は、自殺じゃなかったんだな。そのことがわかって、胸のつかえがおちたよ」

「三田村さん……」

「透が自殺するほど思いつめてたのを気づいてやれなかったって、おれも、女房も、どれだけ自分を責めたかしれやしない。だが、あいつは、やっぱり事故だったんだな」

呆然《ぼうぜん》とする竹内の髪をくしゃくしゃっとかきまわすと、三田村は大きくうなずいた。

「あの世に行ったら、なんで肝試しになんかのったんだ、勘弁してくれって泣いて謝ればよかったんだよ、ばか野郎って、透のやつに言ってやらなきゃな」

「ありがとう……ございます……」

竹内は深々と頭をさげる。

その頭を、愉快そうに三田村は撫《な》でまわした。

窓から真っ白な積乱雲が見える。

真夏の到来はまもなくだ。

エピローグ

今日も展望レストランの定位置にミツルは立っていた。まだ開店前なので、客はいない。

ミツルはポケットに両手を入れ、高層ビル街の上を流れていく雲をながめている。

(情報屋さん)

結花が声をかけると、ゆっくりとふり返る。

(やあ、君か。ミツルでいいよ)

(このまえはいろいろありがとう、ミツル。本当に助かったわ)

ぺこりと頭をさげる結花に、ミツルはふわりと微笑《ほほえ》んだ。

(あんな刑事はやめて、僕にしようよ)

(え、何のこと?)

(柏木さんだっけ? 彼が刺されそうになった時、君、真っ青になって悲鳴をあげてたよ)

上空から柏木の姿を見つけた瞬間のことを思い出し、結花はぞっとした。あるはずのない心臓をわしづかみにされたような戦慄《せんりつ》。とっさにミツルが包丁男に金縛りをかけていなかったら、自分は暴走していたに違いない。

（ほら今も思いつめた顔になった。やめた方がいいよ。生身の人間なんて、つまらないから。手もつなげないし、キスもできない）

結花の顔がぱあっと赤くなる。

（……幽霊同士だって一緒でしょ）

前髪をひとさし指にくるくる巻きながら結花は答えた。とりあえず一般論に話をすりかえたつもりだが、うまくいっただろうか。内心の焦《あせ》りをおもてに出さないよう、必死でつくろう。

ミツルは、おや、という顔をして、身体を少し前にかたむけ、結花の目をのぞきこんだ。ミツルの目は不思議な色をしている。薄紫がかった灰色だ。思わず結花は一歩後ろにさがった。

（試してみようか？）

（え……？）

ミツルはしなやかな両腕をひろげ、結花にむかってのばした。結花はさらに一歩さがり、窓際までおいつめられる。

ミツルは両手を窓ガラスにつき、ゆっくりと顔を近づけた。

結花は左右を見るが、どちらもミツルの腕にふさがれている。ぎゅっと身体に力を入れて、窓ガラスの外にすり抜けさせた。

(デートだけって約束でしょ!)

真っ赤な顔で窓ガラスの外から抗議すると、ミツルは身体を折ってけらけら笑いだした。

(ごめんごめん、冗談だよ。怒らないで。また暇《ひま》な時遊びに行こうよ。豊島園《としまえん》ならここからすぐだよ)

(考えとく)

結花が上空まで飛びあがり、青空にとけこんでいったのを確認すると、ミツルの顔から笑みが消えた。身体を前に倒し、ガラスをすり抜けて地上に落下する。

地面ぎりぎりで身体をおこし、ふわりと着地すると、区役所の角をまがって裏側に出た。ひっそりと路肩にとまっている黒塗りの車に近づき、助手席にすべりこむ。

(とりあえず第一段階は終わったよ)

正面をむいたままつぶやく。

(及川結花はすっかり僕を信用してる)

「わかりました。唐沢先生もお喜びでしょう」

(料金はいつもの口座によろしく)

ミツルはドアをすり抜けると、姿を消した。

ミツルと別れた後、結花は青山《あおやま》にある三谷ビルにむかった。

(三谷さん、及川です)

ビルの外側で叫ぶと、結界がゆるんで、結花が通れるくらいの隙間ができる。

窓ガラスをすり抜けて住居フロアに入ると、三谷はちらかったリビングルームで遅い朝食をとっているところだった。マーガリンすらぬっていないトーストを、インスタントコーヒーで流しこんでいる。

「そんなに大声をださなくても聞こえるぞ」

(だって、すぐに通してくれないんだもん)

「君が来るとろくなことがないからな。また何かあったのか?」

(先日のお礼を言いに来ました)

結花は深々と頭をさげて、ありがとうございました、と、丁寧に礼を述べた。

「そんなことでいちいち来たのか」

(だって幽霊は電話もメールも使えないし)

「ふん、なるほど。柏木はどうしてる?」

（あいかわらずこき使われてます）

「元気ならいい」

結花と話しながら三谷はずっとテレビ画面を見ている。情報バラエティー番組だ。

「さて、今日の『気になるアノ人』のコーナーは、先週のコンビニ立てこもり事件で一躍脚光をあびたこの人です」

女性アナウンサーの声に結花もふり返る。

（もしかして三谷さん⁉）

「当然だろう」

三谷は画面にむかって身をのり出した。

「じゃーん」という古風な掛け声とともにテレビ画面にうつしだされたのは、髪をきゅっと結い上げ、紺の制服に身をつつんだ女性のボードだった。畳《たたみ》半分くらいのサイズはあろうかという大きなものである。

（た、高島さん⁉）

「何でだ⁉」

「犯人が要求した胃薬を店内まで届けた謎の美人警察官です。ここ数日ネットでも大評判で、カラー写真を大きく掲載したスポーツ新聞まであります」

（そうなんだ……）

「むう」

「警視庁の広報課に問い合わせたところ、お名前は高島佳帆さん、練馬署ではなく本庁に所属する女性刑事だそうです。きれいな人ですねー」

「この人は独身なの？」

司会者の男性タレントが興味津々《きょうみしんしん》といった様子で尋ねる。

「それが、個人のプライバシーに関わることなので、これ以上は教えられないとのことでした」

「指輪はしてませんでしたね」

「お、チェックしてますね」

コメンテーターの経済評論家が言うと、司会者がニヤリと笑う。

「以上、『気になるアノ人』のコーナーでした。次は『今日の開運占い』です」

結花が三谷に視線を戻すと、手にトーストを持ったまま口を半開きにして硬直《こうちょく》していた。

（三谷さん……？）

「午後中拘束《こうそく》され、いけすかん若造に嫌味を言われ、幽霊係のまねごとをさせられ、あげくに情報リークの片棒までかつがされた私よりも、高島女史の方が注目されるとは……」

（相手が高島さんじゃ仕方ないよ）

「うむ……」

（でも『週刊女性ライフ』の心霊特集号がいっぱい売れれば、また三谷さんの人気も上がって、お仕事もいっぱい入るよ）

「及川君、世の中はそんなに甘くはないぞ」

そう言いながらも、三谷の頰《ほお》は少しゆるんだのであった。


その日の夜。

「どうもごちそうさまでした。おやすみなさい」

「また来てねー」

清水夫妻と愛娘の雛子《ひなこ》、そして飼い猫に見送られ、柏木は玄関を出た。三鷹《みたか》の閑静な住宅街を、朧月《おぼろづき》の明かりがやわらかくつつみこんでいる。

「結花、いるか？」

柏木は携帯電話を耳にあて、通話中のふりをしながら、周囲を見回した。

（いるよ）

暗がりに、白っぽい輝きをはなつ半透明の姿がうかびあがる。

（どうかした？）

「いや、別に用じゃないんだけど、清水さんから聞いた樋口先生と竹内の話があんまりせつなかったから……」

(二人の自供のこと？)

「うん。やるせないって言うのかな」

(そう？　あたしは腹が立ったけど)

結花は腕組みをして、あごを少しばかりそびやかした。

(庄司、小川、笹野の三人は、そりゃ悪いやつだったかもしれないけど、でも、死にたくなんかなかったはずよ。もっともっと生きて、やりたいことがあったはずなのに)

「そうか、そうだな」

柏木には、樋口の、これ以上罪を重ねさせたくないという心情もわかる気がしたのだが、結花は自分が突然生命《いのち》を奪われた経験をしているだけに、どうしても三人に同情的になってしまうのだろう。

(それに竹内！　あいつは甘すぎるわ。死ねば人生のつらいことから逃れられるなんて思ったら大間違いよ。ああいうやつは、結局成仏《じょうぶつ》もできず、幽霊になってもぐるぐる後悔し続けるだけなんだから)

こんなに熱く語る結花は久しぶりだ。そういえば、生前は弁護士志望だったんだっけ、と、思いだす。

「そうなのか？」

（そうよ。人生のたて直しがきくのは生きている間だけ。楽になりたいなんて甘い考えで自殺なんかしても、長いながーい孤独と絶望の時間が待っているだけよ）

「それは怖いな」

（怖いよー）

そう言いながらも、結花はてへっと照れ笑いをした。ちょっと言いすぎたと思ったのかもしれない。

（そんなわけで、竹内君には、生きている間にがんばるよう言っておいて）

「うん。伝えておく」

柏木は苦笑しながらうなずく。

（だいぶ雲が厚くなってきたね）

結花は頭上の月を見上げながら言った。かすかにもれてくる淡い光のおかげで、雲のむこうの月の位置がわかる。

「湿気もひどいし、明日は雨かな」

（早く梅雨があけるといいね。今年は海とか行ってみたいな）

「幽霊って泳げるのか？」

柏木の問いに、結花は軽く首をかしげた。

（試したことないからわからない。プールで練習しとくね）

「豊島園にでっかいプールがあるんじゃなかったっけ？」

豊島園ときいて、結花はちょっと微妙な表情をする。

「どうかしたか？」

（ううん。何でもない。どんな水着がいいかなー）

結花ははねるようにふわんふわんと夜道を歩きだした。

番外編　桜井文也《さくらいふみや》の場合

それは桜井文也《さくらいふみや》が枚方《ひらかた》の小学校に通っていた頃のこと。

四年生の夏に、「オーメンごっこ」という遊びがクラスで流行した。

「オーメン」という有名なホラー映画の、写真で死が暗示されるというくだりを真似《まね》した遊びだ。

と言っても、死が暗示された写真などそうそうあるはずもないので、うつっている人たちの中で死にそうなのは誰かを、あてずっぽうで言いあうだけである。

「今日は町内会の温泉旅行の写真を持ってきてん」

町内会長の孫がランドセルからとりだした写真を、みんなで囲む。

「今にも死にそうなじいちゃん、ばあちゃんばっかりやんけ」

「こらむつかしいな」

桜井も、うーん、と、眉間《みけん》にしわをよせ、真剣に考え込んだ。

「せやな……僕のカンでは、この意地の悪そうなばあちゃんがもうすぐ死ぬな」

「あほやなぁ、文也。憎まれっ子世にはばかるってことわざを知らんのか？　意地悪な奴に限って百まで生きるんやで。というわけで、おれの読みでは、最初に死ぬのはこっちの優しそうなばあちゃんや」

「いやいや、科学的に見て、この酔っ払って煙草《たばこ》吸ってる肥《こ》えたおっさんが一番あの世に近いやろ」

「じゃあアイス一本かけるか？」

「ええよ」

子供らしい、他愛なくも不謹慎《ふきんしん》で残酷《ざんこく》なゲームに、男子も女子も夢中になったものだ。

だが次第にオーメンごっこは下火になった。

三回連続で桜井があてて、アイスを独り占めしたせいで、ゲームがつまらなくなってしまったのだ。

「あの意地悪ばあちゃん、昨日、ぽっくり死んだらしいで。朝、布団の中で冷とうなっとったんやて。今日が通夜《つや》や。おまえアイスほしさに何かずるしたやろ？」

町内会長の孫の言葉に、クラス全員の視線が桜井に集中した。

「そんなことないよ。たまたまカンが的中しただけや」

「文也君、このまえのじいちゃんもあたったよね」

「せやから、たまたまや」

「さてはおまえダミアンやな。イギリス人やし」

とんだ言いがかりだが、子供の思い込みほどやっかいなものはない。

「僕のおかんはベルギー人やし、ダミアンもイギリス人とちゃうやろ」

桜井は思いつくかぎりの反論を並べたてたが聞き入れられず、頭皮にサインペンで666と書かれ、三月のクラス替えまで「浪速《なにわ》のダミアン」とよばれ続けるはめになったのである。

以来、桜井は写真が嫌いになった。


十三年後。

そんな桜井が、なんの因果《いんが》か、警視庁特殊捜査室で写真を透視する職務につくことになってしまった。

「みなさん、今日から特殊捜査室に正式配属になった桜井君です」

渡部《わたべ》室長がはじめてお宮の間で桜井をお披露目《ひろめ》したのは、秋の終わりの頃である。

「まあ、あなたが幻の新人君⁉　あらあら、びっくりするくらいハンサムさんね！」

伊集院《いじゅういん》がかわいらしく小指をまげて頬《ほお》にあて、驚きの声をあげた。

「ま、幻……？」

桜井は桜井で、初対面の伊集院の強烈なキャラクターに驚き、面食《めんく》らう。

「ごめんなさいね、桜井君ってうちに仮配属になってはいても、あたしたち、一度も顔を見たことがなかったじゃない？　だから幻の新人君って呼んでたの。あたしは伊集院馨《かおる》よ、よろしくね」

「挨拶《あいさつ》が遅うなってしまってすみません、桜井です。警察学校の初任科研修の後、即、ポーランドへ行くことになってしもうて」

「じゃあ所轄署での実地訓練はまだ？」

「桜井君はうちに配属されることが決まってますからね。今日から二ヶ月間、ここで実地訓練です。その後またポーランドに行ってもらうことになっています」

渡部の説明に、桜井は残念そうな顔をする。

「僕は刑事課の実習を楽しみにしてたんですけどね」

「そのうち所轄署へ呼ばれることもあると思うよ。それにしてもポーランドで研修って珍しいね」

寝不足の顔に穏《おだ》やかな微笑《ほほえ》みをうかべ、なぐさめたのは、柏木《かしわぎ》だ。

「写真透視能力の世界的な第一人者が、ポーランドにいるんですよ。桜井君はその人に弟子入りを許されたんです」

「すごいですね」

渡部の説明に、お宮の間の先輩たちは感嘆の声をあげたのだが、桜井本人は暗い顔で小さくため息をつく。

「弟子入りも何も、有無を言わさずですよ」

桜井は遠い目をして、つぶやいた。


かれこれ一年半前の春の昼下がり。

その頃まだ関西の大学に在学中だった桜井は、慣れない東京駅の人混みでうろうろしていた。半分迷子である。

「君、ちょっといいですか?」

丁寧な口調で話しかけられ、振り向くと、ダンディな中年の男性が立っていた。見るからに高そうなダブルのスーツをさらりと着こなしている。いわゆる紳士だ。

「何ですん?」

「もしかして就職活動中の学生さんですか?」

「えっ、なんでですか?」

「失礼ながら、そのスーツがまだ身体になじんでいないようですから」

桜井は買ったばかりの自分の黒いスーツを見おろした。

「あはは、やっぱり似合《にお》うてないですか」

桜井が明るく笑って肯定すると、男性は隣に立つ女性に外国語で話しかける。

こちらはおそろしく鼻の高い、ほとんど白に近い金髪の、いかつい老婦人だった。目は薄いブルーグレイ。寒い国から来たのか、それとも行くのか、四月の東京だというのに、ふさふさの真っ黒な毛皮のコートに、おそろいの帽子を着用している。

老婦人は鷹揚《おうよう》にうなずくと、桜井に英語で話しかけてきた。何やら熱心にべらべら話しているが、桜井にはさっぱりわからない。

「すんません、この人、何を言ってはるんですか?」

桜井は困って、最初に話しかけてきた紳士に尋ねる。

「ああ、失礼。君には才能を感じるから、彼女の職場で研修を受けてみないか、と、言っています」

「え、職場? もしかして、就職させてくれるんですか?」

桜井は飴《あめ》色の目を輝かせた。

もう四回生だというのに、まだ一つも内定をもらっていないので、少々焦《あせ》りはじめたところである。

外資系企業ならおそらく給料もいいだろうし、渡りに船だ。

「そうですね、研修をクリアできれば、正式採用になります」

「あ、でも、英語は全然なんですけど」

「大丈夫ですよ、日本語で。ここでは何ですから、ちょっと場所をかえてお話ししませんか？」

「ええですよ」

桜井が答えると、どこからともなく、わらわらとわいてでたダークスーツの男性たちに取り囲まれた。

「あの、この人たちは……？」

桜井は身の危険を感じ、一歩後じさろうとして、ダークスーツの壁にぶつかる。

「行きましょうか」

紳士は桜井の質問を無視して微笑むと、すたすたと歩きだした。仕方がないので、桜井も後を追う。

車に押し込まれるようにして連れてこられたのは、なんだか見覚えのある大きなビルだった。エレベーターに乗り、会議室らしき小部屋に案内される。

「それでは改めまして」

紳士が名刺をさしだしたので、桜井は頭をぺこっとさげて受け取った。

「あ、どうも。僕は桜井文也です。えーと、警視庁特殊捜査室の……って、ええっ、警視庁!?」

桜井は素《す》っ頓狂《とんきょう》な声をあげた。

桜井が連れて来られたのは、刑事ドラマでよくお目にかかる警視庁のビル、いわゆる本庁だったのである。

　見覚えがあるのも当然だ。

「あの、僕、何かしましたか？　ひょっとして就活のためやって、おかんに東京往復のお金をだしてもらっておきながら、ろくろく面接も受けんと毎日東京ドームに通ってるのってサギですやろうか？　でも面接までいく前に書類で落ちてしまうから、仕方なくですね……」

「落ち着いてください、桜井君。言ったでしょう、研修のための面談です」

「つまり、研修って、警視庁の刑事になるための？」

「刑事……、そうですね。特殊捜査室に配属されれば、刑事になります」

　紳士はにっこりうなずいた。

「刑事かぁ……」

　桜井の脳裏に、子供の頃テレビドラマで見た古今東西の刑事たちの勇姿がよみがえる。

「考えたこともなかったけど、実は僕はこう見えて、子供の頃から刑事ドラマが大好きなんですよ……！」

「どうですか？　研修を受けてみる気になりましたか？」

「はい。ところでその毛皮のおばあちゃん、じゃなくて、おかあさんも、警察の人なんですか？」

「いえ、彼女は研修の講師としてポーランドから来てもらっている、特殊能力者のアンナ・ヨペクさんです」

「特殊能力者……？」

「ええ。君なら弟子にしてもいいと言っています」

「よろしく、フミヤ」

アンナは鼻息も荒く、大きくうなずくと、ごっつい手で、がっちりと桜井の手を握《にぎ》りしめた。

それがすべてのはじまりだったのである。

「そんなこともありましたね」

渡部室長は、ふふふ、と、笑う。

「あの日アンナは警視庁での研修を切り上げて、一人でポーランドに帰ろうとしていたんですよ」

残念ながら、警視庁には彼女のおめがねにかなう者がいなかったのだ。

ところが、成田《なりた》エクスプレスに乗りかえようとしていた東京駅で、突然、桜井を指さし、「あの子よ！　あの黒い服を着たきれいな男の子！」と叫んだのである。

「あの時は本当に驚きました」

「東京駅の人混みで見いだされるなんて、桜井ちゃんはきっと才能がきらきらあふれだしていたのねぇ」

伊集院はうっとりと胸の前で両手を組む。

「それで、ポーランド研修はどうだったの？」

盛り上がる伊集院を尻目に、クールに尋ねたのは高島佳帆《たかしまかほ》だ。

「大変でした……。正直、つらかったです」

桜井はふたたび遠い目になり、北西の空を見た。

警察学校の初任科研修を終え、同期生たちが都内各地の所轄署に散っていく中、桜井だけはポーランド行きの航空券を渡された。

初秋のフレデリック・ショパン空港で待ち受けていたのは、例の毛皮の老婦人、アンナである。

「ハ、ハロー、ミズ……えっと」

「やっと来たわね、フミヤ。ついてきなさい」

またも有無を言わさず桜井が連れて行かれたのは、ワルシャワの中心部にあるアンナのオフィスだった。

広い室内には木製の書棚やキャビネットがずらりと並び、一見、普通の書斎である。しかし書棚に並べられている本は、顔写真入りの名簿やアルバムばかりだ。

キャビネットのひきだしには大量の写真が整理分類され、収納されている。どれもが捜査のために世界中から持ち込まれた、何かしらの事件関係者の写真だという。

「アンナさんの能力って、写真に関係あるんですか？」

「そう。そしてあなたも今から透視の訓練をするのよ」

「えっ？」

桜井はどさりと写真の束《たば》をわたされた。三十年前のものだという。

「この写真にうつっている人たちの現在を透視してみて」

「そんなこと僕にできるはずないです」

写真は嫌いだ。

小学生時代のトラウマがよみがえり、陰鬱《いんうつ》な気分になる。

「嫌ならすぐに日本に帰りなさい。研修は中止します」

「う」

研修をクリアしないで日本に帰ったら、刑事になれない。それどころか、失業してしまう。

なにせ桜井は、ろくに採用試験も受けないで、特別枠で警視庁に入れてもらったのだ。

「……やります。教えてください」

来る日も来る日も透視の特訓は続いた。

お好み焼きもない。たこ焼きもない。タイガースの試合も見られない。

友達の一人もいないので、あてがわれたアパートの一室にひきこもって、ひたすら写真透視の修行にいそしむしかない。

桜井はアンナのポーランド訛《なま》りの英語が半分もわからなかったのだが、とにかく怒鳴《どな》っているということはわかった。

わずかながら透視ができるようになったら、それはそれで、死にそう、とか、もう死んでる、とか、ろくでもない気配が読み取れるようになってしまい、一層つらい。

どうしてこんな研修を受けるはめになってしまったのだろう、と、窓の外の枯れ葉をながめながらため息をついた。


「よくがんばったわねぇ」

伊集院が両手を頬にあて、しみじみと言う。

「心の支えがありましたから」

「なに？　きれいなポーランド娘さんとのロマンスでもあった？」

「そんなんやないです。枚方のおかんが送ってくれたひやしあめです」

「ひやし……あめ？」

伊集院は目をしばたたいた。

「はい。研修が終わって日本に帰ったら、たらふくひやしあめを飲んでやる。その一心で、特訓を耐え抜いたんです」

「ひやしあめって何？」

高島の問いに、桜井は驚愕《きようがく》する。

「知らないんですか⁉」

「知ってる？」

高島が尋ねると、伊集院はかわいらしく小首をかしげた。

「うーん、聞いたことあるような、ないような……」

ブリックパックの牛乳をすする柏木も、似たような反応である。

「関西の飲み物ですよ。生姜《しようが》の入った甘い飲み物です」

知っていたのは、渡部室長だけだ。

「さすが室長！　ひやしあめというのはですね、そもそも……」

「それよりポーランド研修の成果ってどうだった？　写真からどれくらいの情報が読み取れるものなの？」

桜井はひやしあめについて熱く語ろうとしていたのだが、高島がさっくり話題を戻した。

「……その人が生きているか死んでいるかは、ほぼわかるようになりました」

「すごいじゃない」

「死んでいる人やったら、たとえば……」

桜井は、アンナの言葉を思いだした。


その日も桜井は二十年前の写真を透視していた。

「この人は、真っ暗な闇の中にいる感じがします」

「当然よ。お墓に埋葬されてるんだもの」

「ああ、そっか。それやったら、この人もお墓の中ですね」

「違うわ。この人は十年前から行方不明」

「えっ？」

アンナは写真の上に手をかざし、じっと考え込んだ。目を閉じてしまうこともある。

「この人は……暗い海底ね。湖底かもしれない。水を感じる」

「そうなんや」

「でも本当に難しいのは生きている人よ」

「僕、もうすぐ死にそうな人の暗い気《き》を感じることがあるんですけど」

浪速のダミアンとよばれていた暗い記憶がよみがえり、またも陰鬱な気分になる。

自分が死にそうな人をあてていたのは、偶然ではなく、知らず知らずのうちに気配を読み取っていたのだ。

結局、ずるをしていたことになるのかもしれない。

「近々死にそう、とか、そういう程度ですが……」

アンナは冷ややかな眼差《まなざ》しを桜井にむけた。

「そんなの感じても無意味よ。人間は必ず死ぬんだから。ナンセンス」

「えっ⁉」

「死なない人間なんていない」

「あ、はぁ、そりゃそうですけど……。でも、何て言うか、すごく重い病気を抱えている人とか、確実に死を目前にしているわけやないですか。そういうのって、もうくつがえらへんですよね？」

――あの意地悪ばあちゃん、昨日、ぽっくり死んだらしいで。朝、布団の中で冷とうなっとったんやて。

級友の声が、桜井の脳裏によみがえる。

アンナはチッチチッと三回舌打ちし、桜井の顔の前でひとさし指を左右にふった。

「今日、新薬が開発されるかもしれない」

「う」

「明日、名医が手術に成功するかもしれない」

「うう」

「生きている人間の気はうつろいやすいから、ふり回されないよう気をつけなさい。まかり間違っても、この人はもう死にそうだから見逃してやろうなんて、つまらない情けをかけないこと。アンダスターン？」

「……アンダスタン」

桜井はがっくりと頭をたれるようにして、うなずいたのであった。

桜井は、精一杯、言葉を選びながら、説明する。

「今の僕のレベルでは、まだたいした情報は読み取れません。死んだ人やったら、お墓に埋葬されているとか、海底に沈んでいるとか、わりとはっきりイメージできるんですけど、生きてる人は、その人がいる場所がぼんやりわかることがある……くらいですかね？」

「なかなか興味深い能力ですね。試しにこの写真を透視してもらえますか？」

渡部が一枚の古い写真をとりだした。うつっているのは、ドレスを着た三十歳くらいのきれいな女性だ。

ポーランド研修の成果を試されているのだろうか、と、桜井は緊張する。

「この人は……まだ生きてますね」

「そうですか、そうですか」

渡部は嬉しそうにうなずく。

「この人は何かの事件の被害者ですか？」

「彼女は三十年前に突然失踪してしまった行方不明者です」

「なるほど、それで生死も不明なんですね」

「それで彼女は今、どこで何をしているかわかりますか？」

「いや、そこまでは。うーん、海のイメージがひろがるから、どこか海の見えるリゾート地で暮らしてるんじゃないでしょうか。お師匠《ししょう》さんやったら、はっきりどこの都市なのか地名まで言えるかもしれませんが、僕にはこれ以上わかりません」

「そうですか、海の見える場所ですか、けっこうけっこう。いや、十分です。ニース、あるいはギリシャあたりですかねぇ」

とりあえず合格ラインには達したらしく、桜井はほっとする。

渡部と桜井のやりとりを見ていて、伊集院の目がギラリと光った。

「ねね、桜井ちゃん、この人が今どうしているかわかる？」

デスクのひきだしから伊集院がだしてきたのは、子供がうつった写真だった。

自分から失踪するような年齢には見えないが、ひょっとして誘拐事件か、と、桜井は身を引きしめる。

「もう長いこと消息不明なんだけど、元気かしら？」

「この人は……大丈夫、まだ生きてます」

「そりゃそうでしょう」

伊集院の答えは、拍子抜けするほどあっさりしたものだった。

「そして、どこかのオフィスで働いてますね」

「この時間帯ですものね。それで？」

「これ以上は特にないです……」

「そう」

気まずい沈黙が一瞬流れる。

「あの……」

「ありがとう、もう十分よ」

伊集院は、ほう、と、嘆息《たんそく》をもらした。

今のでテストに合格だったのか、桜井は心配になる。

ひょっとしたら、この写真の子供は誘拐事件の被害者でも何でもなくて、伊集院は単に桜井の能力を試しただけかもしれない。

顔に似合わぬかわいらしい仕草と、フリルたっぷりのピンクのブラウスで油断させておいて、実は恐ろしい人なんやろうか、と、桜井は疑心暗鬼にかられる。

「あ、あの……」

「この写真の女子高生は、君にはどう見えるのかな？」

柏木がだしてきたのは、セーラー服を着た美少女だった。

「めっちゃきれいな女の子ですやん！　あれ、でも、この娘《こ》……」

桜井はうつむき、言いよどむ。

「残念ですが、もう、死んでます……。すんません」

「うん、それはわかってる。殺人事件の被害者だから」

柏木はあっさり肯定した。

「えっ!? あ、じゃあ、遺体の場所ですか？　ええと、お墓の中、ですかね」

「うん、そうだね」

またも柏木はあっさりうなずく。

「あの、ひょっとして、遺体の場所も知ってたんですか？」

「うん」

「それやったら、なんでこの写真を僕に見せたんですか？　犯人の顔なんか読み取れませんよ。っていうか、犯人の写真をだしてくださいよ！」

桜井は半ば切れ気味に抗議した。

「いや、犯人を捜させようとしたわけじゃないよ。彼女が今、幸せかどうか、写真からわかるのかなって思って」

「そんなのわかるわけないやないですか。そもそも死んだ人に、幸せとか不幸せとかあるんですか？」

「そうだな、ごめん」

柏木はやせた頰に、困ったような笑みをうかべる。

仮にも先輩なのに、ちょっと言い過ぎたかな、と、桜井は反省した。

「この人はどう？　生きてる？」

今度、写真をだしてきたのは高島である。うつっているのは、やせた老婦人だ。

桜井は深呼吸して、気持ちを入れ替えた。

おそらくこの写真の透視が、最後のテストである。

「この人は、ものすごく白い場所にいます。たぶん病院ですかね」

「病院？　まだ生きてるってこと？」

「はい」

「もう死にそうだったりしない？」

「えっと……」

「大事なことなの。丁寧に透視して」

「うーん、今のところ、そんな気配は感じません」

「残念だわ」

高島に鋭《するど》く舌打ちされ、桜井はビクッと身体を震わせた。

高島はクールビューティーなのに、いや、だからこそ、すごみがある。

自分はテストに不合格だったのだろうか。

「でも、本当に死にそうな人だったら、写真から気配を感じるものなの？」

「あの……」

「正直に言いなさい」

「えーと……ポーランドの師匠やったら、この人、お腹に病気を抱えてるとか、脚を怪我してるとか読み取れるんですけど、僕にはまだそこまでの力はありません」

「それで？」

「僕も、なんとなくもう死にそうだなって気配を、写真から感じてしまうことはあります」

「あら、わかるんじゃない」

「でも、それは無意味なことだって言われました。人間は必ず死ぬんだから、って」

「なるほど、写真を透視するまでもないってことね」

高島は肩をすくめた。

「そうは言っても、死が近いか遠いかって、生きている人間にとってはすごく重要なことじゃない？」

伊集院の感想に、高島はうなずく。

「その通りよ。たとえば死の気配が濃厚な人の場合、どの程度の精度で読み取れるものなの？　たとえば明日死ぬとか、一週間以内に死ぬとか」

「あー、それは全然あてにならないです。今にも死にそうな気配の人が、次の日、急に死から遠ざかってることがあるんで。生きている人間の気はどんどんかわりますからね。お師匠さんいわく、今日、新薬が開発されるかもしれない」

「なるほど、写真透視って、あくまで現在の状況しか読めないわけね」

「面白いわねぇ」

「ということは逆に、今は死にそうにないこの女が、急転直下、いきなり明日死んじゃうってこともありじゃない？」

高島は目をキラリと光らせ、くいさがる。

「死にそうにない人が急に死ぬことはないです」

「あら、がっかり」

「ちょっとさっきから何なの、その人。随分《ずいぶん》死んでほしいみたいだけど」

伊集院に言われて、高島は肩をすくめた。

「遠い親戚なんだけど、ひどいトラブルメーカーだから、あえて音信を断ってるの。来月の祖父の法事に出席するかどうか迷うわ。でも入院しているのなら来ないかしらね」

「やだ、そんなものすごく個人的な動機で、新人君に写真を透視させたの？」

伊集院はあきれ顔で高島を非難する。

「あら、そういう自分こそさっきの写真、どうせ初恋の相手でしょ？」

「きゃっ、どうしてわかったの⁉」

伊集院は両手をあわせ、自分の口にあてた。

「名前がわかってるんだから、新人をこき使わないでも、SNSで調べなさいよ。勤務先や居住地くらいすぐ調べられるんじゃないの？」

「いやよ。もし万一、見るも無惨な年のとり方をしてたらショックじゃないの。あの子は永遠に私の心の中で美しく生き続けるのよ」

伊集院はプン、と、かわいらしくすねてみせる。

「その気持ちは僕にもわかります」

渡部は大きくうなずいた。

「室長のさっきの写真って、人気絶頂で失踪した女優さんですよね？」

高島の問いに、渡部はにっこり微笑む。

「ええ、彼女は銀幕のスタアでした」

スターではなくスタアですよ、と、渡部は念を押すが、桜井には違いがさっぱりわからない。

「ただし、僕は、彼女に限って、きっと美しく年を重ねているに違いないと確信しています。ですが本人がその姿を公《おおやけ》にすることを望まないのであれば、こちらからニースまで探しに行くような真似はできません。それは野暮《やぼ》というものです」

どうやら渡部の中では、彼女はニースで優雅に第二の人生を楽しんでいることに決まったようだ。

「法事？　初恋？　スタア？　あの……みなさん、僕のポーランド研修の結果をテストしたかったんやないんですか？」

やや混乱しながら桜井が尋ねると、上司と先輩たちは顔を見合わせた。

「テストって何のことかしら？」

「テストっていうか、個人的興味っていうか……うふふ」

「ちょっと聞いてみたかっただけだ。悪かったな」

「桜井君の写真透視能力は実に便利、いや、有効だということがわかりました。今後の活躍に期待していますよ」

「そうですか？」

室長の言葉に、桜井はぱっと顔を輝かせる。

「うんうん、居場所がはっきりしない方がいい時は、桜井ちゃんに透視してもらうに限るわね」

「ほめられてる気がせえへんですけど」

「でも、生きている人間が相手の能力って、うらやましいな。亡くなった人しか見えないおれより、ずっといいよ」

「えっ⁉」

柏木の言葉に、桜井は飴色の目を大きく見開いた。

「それって、つまり……？」

「柏木ちゃんは幽霊係なのよ」

伊集院が柏木の肩に手をかけて答える。

「幽霊、見えるんですか？」

「うん」

柏木は小さく息を吐いた。

「思ったんだが、死に近い人の気を読み取れるって、決してナンセンスじゃないと思うんだ。死にそうな被疑者や被害者の身柄《みがら》を警察が確保することで、生命《いのち》を助けられることもあるんじゃないかな？」

「自殺願望のある家出人もそうね」

柏木にうなずきながら、高島が言う。

「ただ捜査のための情報を提供するだけじゃなくて、人の生命を助けられるなんて、刑事として最高の能力だよ。おれなんか、もう亡くなっている人に対して、どうしてあげることもできないから、無力感にさいなまれてばかりだ」

柏木は寂《さび》しそうに目を伏せる。

「最高の、能力……？　僕が……？」

「うらやましいよ」

柏木のやつれた笑顔に、嘘は感じられない。

「あ……ありがとう、ございます……」

桜井の瞳がじわりとうるむ。

浪速のダミアンとよばれて、気味悪がられていたけれど、そんな自分だからこそできることがある。

人の生命を助けることができる仕事についたのだ。

「今度みなさんのぶんもひやしあめ送るよう、おかんに言っときますね」

すん、と、鼻をすすりながら、桜井は最大限の感謝を述べる。

「ひやしあめもけっこうですが、最初はまず、おいしいお茶のいれ方からはじめましょうか」

「わかりました、ボス！」

桜井は顔をあげ、思いついたばかりのあだ名で渡部に敬礼した。

この日桜井は、十三年ぶりに、ダミアンの呪縛から解き放たれたのだった。


一週間後、桜井はひやしあめ持参で出勤した。

「カッシー先輩、今日は遅いですね」

「柏木君は昨夜は徹夜の聞きこみでしたからね。今日は午後から来るようスケジュールを変更しておきました」

「徹夜で聞きこみ！　幽霊係ってほんまに大変なんですねぇ」

自分以上につらい宿命を背負っているに違いない柏木に、桜井は心底同情する。

あんなにいい人なのに……。

「そうね。いいことなんて、美少女の幽霊に取り憑《つ》かれていることくらいかしら。先週見たでしょ？　写真の女子高生よ」

「ええええええっ、おいしすぎやないですか～‼」

警視庁のビルに、桜井の叫び声が響《ひび》き渡ったのであった。

（本書は平成二十二年六月、小社ノン・ノベルから新書判で刊行されたものです。番外編「桜井文也の場合」は書下ろしです）

警視庁幽霊係の災難

一〇〇字書評

切・り・取・り・線

購買動機（新聞、雑誌名を記入するか、あるいは○をつけてください）	
□（　　　　　　　　　　）の広告を見て	
□（　　　　　　　　　　）の書評を見て	
□ 知人のすすめで	□ タイトルに惹かれて
□ カバーが良かったから	□ 内容が面白そうだから
□ 好きな作家だから	□ 好きな分野の本だから

・最近、最も感銘を受けた作品名をお書き下さい

・あなたのお好きな作家名をお書き下さい

・その他、ご要望がありましたらお書き下さい

住所	〒				
氏名		職業		年齢	
Eメール	※携帯には配信できません		新刊情報等のメール配信を 希望する・しない		

この本の感想を、編集部までお寄せいただけたらありがたく存じます。今後の企画の参考にさせていただきます。Eメールでも結構です。

いただいた「一〇〇字書評」は、新聞・雑誌等に紹介させていただくことがあります。その場合はお礼として特製図書カードを差し上げます。

前ページの原稿用紙に書評をお書きの上、切り取り、左記までお送り下さい。宛先の住所は不要です。

なお、ご記入いただいたお名前、ご住所等は、書評紹介の事前了解、謝礼のお届けのためだけに利用し、そのほかの目的のために利用することはありません。

〒一〇一－八七〇一
祥伝社文庫編集長　坂口芳和
電話　〇三（三二六五）二〇八〇

祥伝社ホームページの「ブックレビュー」からも、書き込めます。

http://www.shodensha.co.jp/bookreview/

祥伝社文庫

警視庁《けいしちょう》幽霊係《ゆうれいがかり》の災難《さいなん》

平成28年 9 月20日　初版第1刷発行

著　者　天野頌子《あまのしょうこ》
発行者　辻　浩明
発行所　祥伝社《しょうでんしゃ》
東京都千代田区神田神保町3-3
〒101-8701
電話　03（3265）2081（販売部）
電話　03（3265）2080（編集部）
電話　03（3265）3622（業務部）
http://www.shodensha.co.jp/

印刷所　堀内印刷
製本所　ナショナル製本
カバーフォーマットデザイン　芥　陽子

Printed in Japan ©2016, Shōko Amano　ISBN978-4-396-34245-6 C0193

〈祥伝社文庫　今月の新刊〉

東川篤哉
ライオンの棲《す》む街
平塚おんな探偵の事件簿1
美しき猛獣こと名探偵エルザ×地味すぎる助手美伽。格差コンビの掛け合いと本格推理！

渡辺裕之
殲滅《せんめつ》地帯　新・傭兵代理店
リベンジャーズ、窮地！　アフリカ・ナミビアへの北朝鮮の武器密輸工作を壊滅せよ。

西村京太郎
十津川警部　哀しみの吾妻《あがつま》線
水曜日に起きた3つの殺人。同一犯か、偶然か？　十津川警部、上司と対立！

早見和真
ポンチョに夜明けの風はらませて
笑えるのに泣けてくる、アホすぎて愛おしい男子高校生の全力青春ロードノベル！

安東能明
侵食捜査
女子短大生の水死体が語る真実とは。『撃てない警官』の著者が描く迫真の本格警察小説。

草凪　優
俺の美熟女
羞恥と貪欲が交錯する眼差しと、匂い立つ肢体。俺を翻弄し虜にする、〝最後の女〟……。

天野頌子《しょうこ》
警視庁幽霊係の災難
コンビニ強盗に捕まった幽霊係。美少女幽霊、霊能力者が救出に動いた！

広山義慶
女喰い〈新装版〉
これが金と快楽を生む技だ！　この男、最強のエリートにして、最悪のスケコマシ。

喜安幸夫
闇奉行　娘攫《さら》い
美しい娘ばかりが次々と消えた……。娘たちを救うため、「相州屋」忠吾郎が立ち上がる！

佐伯泰英
完本 **密命**　巻之十五　無刀　父子鷹《おやこだか》
「清之助、その場に直れ！」父は息子に刀を抜く。金杉惣三郎、未だ迷いの中にあり。